Orestéia III
Eumênides

Ésquilo

ORESTÉIA III

EUMÊNIDES

Estudo e tradução
Jaa Torrano

   ILUMI//URAS

Coleção Dionísias
Dirigida por Jaa Torrano

Copyright © 2004 da tradução e estudo
Jaa Torrano

Copyright © desta edição
Editora Iluminuras Ltda.

Capa:
Fê
Estúdio A garatuja amarela
sobre *Hérmes* de Praxíteles, estátua de mármore,
século IV a.c. Museu de Olímpia

Revisão
Jaa Torrano

Revisão, digitação bilíngüe
Ariadne Escobar Branco

Composição
Aristeu Escobar

CIP-BRASIL CATALOGAÇÃO NA FONTE
SINDICATO NACIONAL DOS EDITORES DE LIVROS, RJ

E81e
Ésquilo, 525-455 a.c.
  Eumênides
  / Ésquilo / estudo e tradução Jaa Torrano. – São Paulo :
Iluminuras FAPESP, 2004 , 2. reimp. 2013
  . – (Coleção Dionisias) (Orestéia : 3)

  · Apêndice
  Inclui bibliografia
  ISBN 85-7321-206-3

  1. Teatro grego (Literatura) .
  I. Torrano, Jaa. II. Fundação de Amparo à Pesquisa do Estado de São Paulo.
  III. Título. IV. Título: Orestéia. V. Série

04-2524   CDD 882
                                CDU 821.14' 02-2

20.09.04   23.09.04   007701

2013
EDITORA ILUMINURAS LTDA.
Rua Inácio Pereira da Rocha, 389 - 05432-011 - São Paulo - SP - Brasil
Tel. / Fax: 55 11 3031-6161
iluminuras@iluminuras.com.br
www.iluminuras.com.br

SUMÁRIO

Agradecimentos 9
Créditos 11

TEOLOGIA TRÁGICA ESTUDO DE *EUMÊNIDES*
Jaa Torrano

Deuses Olímpios e Ctônios 15
Theología como *Theogonía* 17
O Despertar das Fúrias no Santuário de Apolo 24
Entre o Antigo Ícone e a Presença de Atena 30
As Duas Faces da Função Coral 38
A Instituição do Tribunal no Areópago por Atena 41
Herologia e Política 55
As Honras das Veneráveis 56
Sinopse do Estudo da Tragédia *Eumênides* de Ésquilo 66

ÉSQUILO – *EUMÊNIDES*

Nota Editorial 71
As Personagens do Drama 73
Prólogo 75
Párodo 85
Primeiro Episódio 89
Epipárodo 93
Segundo Episódio 95
Primeiro Estásimo 97
Terceiro Episódio 105
Segundo Estásimo 111
Quarto Episódio 117
Kommós 131
Último Episódio 139
Êxodo 149

Referências Bibliográficas 151

AGRADECIMENTOS

Ignoto Deo, *por ser ignoto.*
Ao CNPq, pela bolsa Pesquisa,
que resultou neste estudo e tradução.

Aos preclaros mestres, pela sábia ciência.
Aos claros colegas, pelo claro colégio.
Aos caros alunos, pela hábil paciência.

Aos meus pais, pela douta doçura.
À amada senhora, pelo amado amor.
Aos meus filhos, pelos seus porvires.

Ao meu único irmão, por toda a fratria.
Aos queridos amigos, pelo amável convívio.
À bela filósofa imagem de Palas
pela nossa bela amizade.

Mas os mais fulminantes desagradecimentos
ao energúmeno que recitava o "Poema em Linha Reta"
trocando a primeira pela segunda e terceira pessoas.

CRÉDITOS

Parte deste estudo foi anteriormente publicada sob a forma de artigo em periódico, a saber:

"A Fundação Mítica do Tribunal do Areópago na Tragédia *Eumênides* de Ésquilo", *Ágora. Estudos Clássicos em Debate* (2001) n. 3, p. 7-23. Departamento de Línguas e Culturas, Universidade de Aveiro.

TEOLOGIA TRÁGICA
ESTUDO DE *EUMÊNIDES*

Jaa Torrano

*Quem poluir a fonte límpida com maus
afluxos e lama, não terá donde beber.*
(*E.* 694-5)

DEUSES OLÍMPIOS E CTÔNIOS

O título desta tragédia *Eumênides* designa por um eufemismo as Erínies, Deusas por demais terríveis para que se pudessem nomear sem riscos de sobressaltos. Ao lê-la, deparamos com alguns problemas, que assim poderíamos resumir:

1) No prólogo, a relação entre Deuses olímpios e ctônios é apresentada como sucessão consensual no trono mântico de Delfos, cujos detentores são Terra, Têmis, Febe e Apolo (vv. 1-33). No entanto, a harmonia habitual do santuário délfico, manifesta na harmonia entre os Deuses presentes na sucessão teogônica e na paisagem circundante do santuário, é brutalmente rompida, quando ao abrir o santuário a pítia tem a apavorante visão de Erínies adormecidas junto a um homem poluído de sangue (vv. 34-63). Doravante, a oposição feita de repulsa e de exclusão recíprocas entre Apolo e Erínies substitui a harmonia entre Deuses olímpios e ctônios exemplificada na tranqüila sucessão do trono mântico. Essa oposição se desenvolve no plano mítico, como um problema teológico, a saber, o da relação entre as naturezas antitéticas e excludentes dos Deuses Apolo e Erínies; e no plano social, como um problema político, a saber, o da relação entre as contrapostas concepções de direito e de justiça reivindicadas por esses Deuses antinômicos.

2) A antinomia entre Apolo e Erínies, por sua vez, se desdobra como oposição entre Deuses "novos" e "antigos", o que no plano mítico e teológico implica problema das diversas temporalidades divinas e humanas, e o no plano social e político implica diversas questões relativas à justiça e à distribuição do poder.

3) A terceira constelação diz respeito ao coro, sua natureza e função. Se nesta tragédia o coro se caracteriza como Erínies, filhas de Noite, formas de não ser, como poderia representar os cidadãos e a eticidade própria da *pólis* e assim ligar-se a horizontes e perspectivas da *pólis* ateniense do século V? Se o coro da primeira

tragédia da trilogia tem caráter contemplativo, por que e como nesta tragédia o coro se torna um dos agentes do drama e assim intervém de maneira tão decisiva em todo o desenvolvimento da ação? As constelações de problemas hermenêuticos postos pela leitura de *Eumênides* são similares (assim dizem as aparências) à dos problemas postos pela leitura de *Coéforas*. Em ambas, pode-se verificar que as noções postas em questão são as mesmas, mas a reiteração dessas noções e de suas mútuas relações dá-lhes cada vez maior clareza, de modo que o aparente paradoxo e o manifesto conflito possam resolver-se em *palíntropos harmoníe*. No último episódio e êxodo de *Eumênides*, a permanência das Erínies no âmbito da *pólis* implica uma transmutação de ser pela inclusão do ponto de vista de Zeus. Se essa transmutação de ser das Erínies se deixa descrever como *koinonía genôn*, com essa descrição transpõe-se a ontologia mítica em termos próprios da hermenêutica dialética.

No drama trágico, o desenvolvimento da ação e as reflexões que sobre ele o coro faz em diversos momentos expõe um sistema de imagens e de noções míticas no qual se vê a mesma dinâmica descrita na teoria platônica do conhecimento e suas implícitas ontologia e concepção de verdade. Tendo em vista as semelhanças estruturais e equivalências funcionais observáveis entre o sistema de imagens e de noções próprias da tragédia e o do discurso filosófico, podem-se esperar semelhanças e equivalências entre os tipos de equívocos a que estão sujeitas tanto a noção mítica de "Deus(es)" (*Theoí*) quanto a noção filosófica de *eîdos*, *idéa*. Não mencionamos essas sistemáticas possibilidades de equívoco senão para atentarmos à natureza dessas semelhanças e equivalências e assim espreitarmos nessas possibilidades de equívoco as vias do entendimento.

THEOLOGÍA COMO *THEOGONÍA*

O prólogo de *Eumênides* (*E.* 1-139) é amplo em diversos sentidos, e compõe-se de quatro cenas: as duas da pítia (*E.* 1-63), a de Apolo e Orestes (*E.* 64-93), e a do espectro de Clitemnestra (*E.* 94-139). Nessas cenas, evocam-se e mostram-se personagens divinas e humanas, e assim se delineia a relação dessas personagens divinas entre si mesmas e ainda a relação entre essas mesmas personagens divinas e as personagens humanas. Bem definir essa relação sob esse duplo aspecto parece ser o escopo a que aspira todo o desenvolvimento da ação neste drama; e o prólogo, desde já, dá claros indícios das vias e das mediações, pelas quais se obtém essa boa definição dessa relação sob esse duplo aspecto.

Entre a primeira e a segunda cena, o impacto da descoberta de quem sejam algumas dessas personagens divinas divide em duas partes o discurso da profetisa pítia, no dia consagrado à abertura do oráculo em Delfos.

A primeira parte é a prece aos Deuses fundadores do oráculo de Delfos, e presentes, talvez visíveis, na paisagem do lugar do oráculo. A prece descreve a pacífica sucessão dos Deuses fundadores do oráculo local. Os nomes dos Deuses e a relação entre eles, nessa prece, sob certo aspecto correspondem aos nomes dos Deuses e à relação entre eles, na *Teogonia* de Hesíodo.

O catálogo dos Deuses fundadores do oráculo de Delfos primeiro nomeia uma tétrada e descreve a relação que a unifica, pacífica. O epíteto (não-hesiódico) *protómantis*, "primeira adivinha", aplicado à Deusa Terra (*Gaîan, E.* 2), explicita um aspecto fundamental da diacosmese descrita na *Teogonia* de Hesíodo, a saber, a presença constante da Deusa Terra em todos os momentos decisivos no desenvolvimento da diacosmese descrita como devir dos Deuses. Todo o devir dos Deuses, em sua totalidade de ser e de acontecer, é a manifestação em que se explicita, sob diversas figuras e com diversos nomes, o modo de ser originário próprio de Deusa Terra mãe de todos.

O segundo nome da tétrada dinástica é o de Têmis, Titanida, filha da Terra e do Céu, tia-avó e esposa de Zeus, com quem gera duas tríades divinas: *Horai* ("Horas") e *Moîrai* ("Partes", *T.* 901-6). O sentido divinatório de Têmis não só se deve à sua filiação, que faz dela a epifania, sob outro nome, da mesma Deusa Terra (cf. *Pr.* 210), mas ainda é inerente à natureza de sua descendência, tanto pela previsibilidade do ciclo anual das estações, quanto pelo que possa haver de insondável e inescrutável nos ditames das Partes, que fixam para Deuses e homens a participação de cada um em bens e males (cf. *T.* 901-6). A transição pacífica de Têmis a Febe é ressaltada com as imagens de sorteio, de consentimento e de não-violência (*E.* 4-5), e ainda com as imagens teogônicas de filiação ditadas pelos epítetos "Titanida" e "filha da Terra" (*Titanís, paîs Khthonós, E.* 6). *Titênas*, de que *Titanís* é forma feminina, qualifica em certo sentido a geração de Deuses nascidos de Terra e Céu constelado (*T.* 207-10). O aspecto telúrico e ctônio da ascendência de Febe é apontada pelo epíteto *paîs Khthonós*, que precede a nomeação de Febe, e em que o nome *Khthonós* surpreende-nos em vez do que seria esperado, o de *Gaîa*, como primeiro é nomeada nessa prece (*E.* 2, 6). A pacificidade da transição se deve à congeneridade que na sucessão une sucedido e sucessor.

O terceiro nome é o de outra Titanida, filha de Terra e Céu constelado, Febe (*Phoíbe, E.* 7; cf. *T.* 136, 404), que a *Teogonia* de Hesíodo descreve como avó de Apolo, mãe de Leto e de Astéria, e assim avó de Hécate. Esses nomes indicam diversos aspectos implícitos na noção trágica de Deus adivinho.

O quarto nome da tétrada délfica é o de Febo (*Phoîbos, E.* 8). A transição de Febe a Febo se descreve com a imagem de "natalícia dádiva" (*genéthlon dósin, E.* 7), e ainda com a imagem da semelhança onomástica *Phoíbe/Phoîbos*. A paronímia, entendida como ícone numinoso de comunidade de destinos, constitui por si mesma um indício dessa afinidade essencial que se revela também na transmissão pacífica da função divinatória.

A tétrada nomeada mostra como se perfaz a unidade não-violenta de uma célula familiar, a que naturalmente se associam outros familiares, completando o catálogo dos Deuses presentes e talvez visíveis na paisagem do lugar do oráculo.

Essas associações se iniciam com a chegada de Apolo em Delfos, proveniente da "lagoa e penhasco délio", passando pelas "costas navegáveis de Palas", com a escolta dos "filhos de Hefesto". Assim se incluem na fundação do oráculo os dois Deuses cultuados em Atenas e faz coincidir o percurso dos atenienses a Delfos com o caminho feito pelo Deus mesmo (*E. 9-13*).

Esse início marcado pela chegada de Apolo em Delfos se descreve em dois sentidos: 1) como o momento inaugural do acontecimento divino, em que primeiro se manifesta em Delfos a realeza de Zeus, com a chegada de Apolo a Delfos; e 2) como a domesticação do território bravio, com a entronização de Apolo em Delfos.

O rei Delfo participa da natureza do lugar, como herói epônimo, timoneiro dessa região, e primeiro cultor de Apolo num sentido perene, pois a natureza mesma do lugar se deve à presença de Lóxias como o Adivinho e assim porta-voz dos desígnios de Zeus que se cumprem como destinos dos homens mortais (*E. 9-19*).

A prece aos Deuses fundadores e presentes, talvez visíveis na paisagem do lugar, prossegue com nova menção a Palas, agora na qualidade de *pronaía*, Palas cujo templo se encontra, para o peregrino que chega, *defronte* do santuário de Apolo. As Ninfas da pedra Corícia, morada dos Numes, associam-se à paisagem assim como Brômio, o "estrondante", as Bacas e Penteu, em cuja morte à maneira de lebre se mostra a justiça divina, as águas do rio Plisto, em que mostra o poder de Posídon, e a presença perfectiva e suprema de Zeus (*E. 21-8*).

Feitas as invocações da prece, a profetisa pede para si melhor entrada do que antes, e conclama os gregos, se os há presentes, que se aproximem, segundo o sorteio e conforme as soências (*E. 30-2*).

O impacto vem da revelação desse outro aspecto tenebroso, noturno e subterrâneo, meôntico, da noção mítica de Deus(es): as Erínies presentes no santuário de Apolo.

Na segunda cena, a profetisa fala do terror que lhe tolhe as forças, impedindo-a de estar de pé, e apavorada a faz correr com as mãos, sem pernas ágeis nem valor, qual uma criança que engatinha. No entanto, não a impede de contar com exatidão minuciosa a visão terrífica, que teve no recesso do santuário.

Junto à pedra sagrada que se diz "umbigo da Terra", a profetisa viu um homem, cuja impureza é horrenda aos Deuses (*theomysê, E.* 40), portador de uma espada recentemente usada e com as mãos a pingarem sangue. Essa visão certamente corresponde antes ao sentido numinoso da presença de Orestes no interior do santuário, e não à aparência banal que teria o peregrino vindo de longe, cumpridas já muitas jornadas depois de executado o massacre.

No relato dessa visão, a descrição das Erínies luta contra o indescritível: essa figuração do abominável primeiro parece um espantoso bando de mulheres, depois Górgones, depois Harpias, sem que esses nomes possam no entanto identificá-las. Lembram a figura de Górgones, pela cabeleira de serpentes (assim Orestes as descreve quando primeiro as vê, cf. *C.* 1048-50). Distinguem-se das Harpias, por não terem asas. Sombrias e abomináveis, estertoram com hálitos inabordáveis, e vertem dos olhos um hediondo líquido, incompatíveis com imagens divinas e com lares humanos (*E.* 46-56).

Qual o remédio eficaz contra a irrupção pavorosa dessa presença nefasta?

É o que se pede a Lóxias, senhor desse palácio, cujos títulos de *iatrómantis* ("médico-adivinho"), *teraskópos* ("sonda-signos", "intérprete de signos") e *kathársios* ("purificador") definem toda a gama de competências que a situação requer (*E.* 61-3).

Por que vias e de que forma o senhor o dará, se o há de dar?

Na terceira cena se vê o lugar da visão descrita pela profetisa, o que supõe ou 1) o uso do ecciclema, uma das máquinas do teatro antigo, assim chamada por ser uma plataforma sobre roda em que se representava o interior de aposentos, ou 2) a ambigüidade dos dêicticos como objeto de verbos *percipiendi,* ou 3) uma e outra hipóteses, à uma. Sigamos a primeira, sem nos determos por ora nas segunda e terceira hipóteses.

O ecciclema mostra o interior do santuário no momento seguinte ao descrito pela profetisa. Orestes suplica então pela vigilância divina: a sua prece a Apolo primeiro reconhece que se cumpriu a justiça divina, e com esse reconhecimento da graça já recebida, pede por uma nova graça, a vigilância e empenho do Deus (*E.* 85-7). Aceita essa transposição que antecipa a fala de Orestes à de Apolo, a epifania de Apolo (*E.* 64-84) responde à postura e às palavras de suplicante de Orestes junto ao umbigo da terra (*E.* 40-1, 85-7). A comunicação imediata entre Apolo e Orestes se dá à revelia dos procedimentos habituais mediados pelos serviços da profetisa ("como sói ser", *hos nomízetai, E.* 32). Essa imediação e a declaração mesma do Deus mostram a proximidade heróica que vincula a vida de Orestes à manifestação de poder do Deus.

Apolo declara a Orestes a sua perene guarda desse seu suplicante, e essa declaração desde já o contrapõe nítida e violentamente às Erínies. Como ser e não-ser, plena presença e privação de ser, os Deuses contrapostos se reúnem numa simetria especular que lhes dá a unidade da exclusão recíproca. As palavras de Apolo descrevem as Erínies como a alteridade necessariamente excluída. Sob todos os aspectos, elas são vistas como o outro de Apolo, o seu próprio não-ser e privação de ser.

Contra-imagens de Apolo, as fúrias são vistas vencidas pelo sono, abomináveis anciãs, vetustas virgens, a quem não se une nem Deus, nem homem, nem fera jamais. Decrepitude e virgindade nesse contexto são imagens do não-ser e da privação de ser. As imagens se sobrepõem, reiterando e ampliando os traços que caracterizam as Erínies como alteridade e exclusão: o nascimento de males, a habitação das malignas trevas e do Tártaro subterrâneo, o objeto do ódio dos homens e dos Deuses Olímpios (*E.* 67-73).

A essas imagens de exclusão e privação contrapõe-se a ordem de Apolo: "foge, todavia, não te faças frouxo!" (*E.* 74).

Essa fuga infatigável, com que Orestes há de cumprir essa ordem de Apolo, desenha-se inscrita na imagem da perseguição feroz e implacável das Erínies a Orestes, por terra e por mar, sem que se percam os vestígios (*E.* 74-7).

Apolo declara que o fim dessa fuga requer a mediação de Palas: que Orestes vá à fortaleza de Palas e suplique abraçado ao antigo ícone. Lá, o Deus e o suplicante hão de encontrar os meios da libertação das fadigas, quando se obterão juízes desse caso e palavras encantatórias, graças à mediação de Palas Atena (*E.* 79-83). Para que se possa chegar à fortaleza de Palas, Apolo confia o seu suplicante a Hermes, filho do mesmo pai Zeus: essa vigilância que evita todo descuido requer a mediação de Hermes como guia, condutor e pastor, quando é manifesta a majestade venerada de Zeus (*E.* 88-93).

O declarado empenho de Apolo em libertar o seu suplicante Orestes das fadigas se explica com o reconhecimento pelo Deus de tê-lo persuadido a matar a mãe (*E.* 84).

A quarta cena (*E.* 94-139) mostra o espectro de Clitemnestra a interpelar as adormecidas Deusas subterrâneas e a descrever-se como um sonho (*ónar*, *E.* 116). O clamor pela justiça e a denúncia da injustiça dessa entrega das Deusas ao sono dão às palavras do espectro o caráter de um pungente aguilhão que desperta e açula as cadelas caçadoras.

Nesse sentido a quarta cena é antistrófica da anterior: ao empenho da palavra divina de que terá custódia e diligência do suplicante até que se descubram os meios de libertação das fadigas, numa cena, corresponde, na outra, a queixa e clamor por justiça do espectro cujo grau de realidade é o de um sonho pungente. À exortação de Apolo a Orestes no sentido de que não se fadigue de fugir, numa cena, corresponde, na outra, a exortação do fantasma ao furor da terrível serpente no sentido de que não se deixe abater pelo sono e persiga o matricida até a aniquilação.

As últimas palavras do espectro reiteram a descrição de si mesmo como um sonho (*E.* 116, 131), mas observando a eficácia com que esse sonho maligno atua como aguilhão ao despertar as fúrias.

Essas quatro cenas e sua nítida divisão em quatro segmentos constituem o prólogo da tragédia (no sentido aristotélico comumente aceito: "prólogo é a parte completa da tragédia que precede a entrada do coro", *Poét.* 1452b19); e mostra a relação dos Deuses entre si mesmos e entre esses mesmos Deuses e as personagens humanas como uma unidade enantiológica, na qual os termos inextricavelmente contrapostos tanto se excluem quanto se reclamam reciprocamente.

Nessa unidade dinâmica de implicação e de exclusão, contrapõem-se clamores diversos divinos e humanos por justiça, e impõem-se a questão de como se dá a partilha do poder entre os Deuses mesmos e entre esses mesmos Deuses e os homens mortais.

O DESPERTAR DAS FÚRIAS NO SANTUÁRIO DE APOLO

Na tragédia *Eumênides*, o assim chamado párodo desdobra e amplia a quarta cena do prólogo, no mesmo sentido que a primeira cena do primeiro episódio desdobra e amplia a terceira cena do prólogo. A relação antistrófica entre a terceira e a quarta cenas do prólogo desse modo se reproduz entre o párodo e a primeira cena do primeiro episódio.

Assim se define e se amplia a unidade dinâmica do conflito que desdobra e se explicita na contraposição dos clamores por justiça e dos diversos aspectos com que se mostram os contrapostos reclamantes. Por ordem de entrada, são eles: os mortais: a profetisa pítia e Orestes, e os imortais: Apolo, o espectro de Clitemnestra e as Erínies.

O despertar das Erínies no párodo é precedido pelo que delas se diz e ainda pelo prelúdio mencionado pelo corifeu (*E.* 143). Primeiro delas se dizem as palavras de terror da pítia apavorada; depois, embora a prece de Orestes a Apolo não as mencione, elas são a causa e a razão da súplica contida na prece (aceita a transposição dos versos 85-8, de modo que abram a terceira cena); então, as palavras altivas e contemptoras com que Apolo as descreve por ora vencidas pelo sono e ainda a serem vencidas definitivamente pelas mediações de Palas Atena (com os juízes da causa e as palavras encantatórias) e de Hermes (como guardião, guia e pastor); e ainda as palavras do espectro de Clitemnestra, pungentes ao ressoarem o clamor por Justiça; e por fim as palavras despertas e despertantes do corifeu a conclamarem o coro a despertar, quando se menciona "este prelúdio" (*toûde phroimíou*, *E.* 142).

Entende-se que "este prelúdio" são as próprias palavras do corifeu, despertas e despertantes, mas também se entende por "este prelúdio" o que se disse durante o sono das Erínies, como um pungente sonho que visita e interpela as Deusas subterrâneas, e (por que não?) também o dito antes disso. Após esse múltiplo prelúdio, cujos diversos momentos são graus de cada vez maior proximidade das anunciadas Deusas sombrias, o canto e a dança das Erínies mesmas, em três pares de estrofe e antístrofe, descrevem o irruptivo despertar dessas terríveis Deusas.

Na primeira estrofe, um lamento de dor repete quatro vezes a mesma palavra "padecimentos", "padeci", "padecemos" e "dor" (*epáthomen, pathoûsa, epáthomen, páthos, E.* 143-5). Nesse díssono eco (*dysakhés, E.* 145), repetido nas paronomásias *philaí* e *pollá* e nas interjeições *ioù ioù popáx* e *ó pópoi*, ressoa também o trivelho adágio tantas vezes repetido: *drásanta patheîn* (C. 313), *páthei máthos* (*A.* 177), *pathoûsin matheîn* (*A.* 249-50), de modo a mostrar-se a presentemente pranteada situação das pranteantes como a presença mesma de Justiça.

Manifesta nesses padecimentos das Deusas sombrias, a face irônica da Justiça que multiplica as fadigas e arrebata a presa. O sofrimento da violência encobre a ironia de Justiça agir e compungir, ainda que não seja nomeada nem esperada. Esse sofrimento tão pungente tem uma causa conhecida: a guarda de Apolo a Orestes.

> Escapou das redes e sumiu a caça.
> Vencida pelo sono, perdi a presa. (*E.* 147-8)

Na primeira antístrofe, as Erínies interpelam Apolo, acusando-o de ser furtivo e de embora jovem atropelar vetustos Numes ao honrar esse suplicante que lhes subtraiu, homem sem-Deus e amargo aos pais: matricida (*tòn metraloían, E.* 153). É a respeito dessa interface de seus padecimentos com a atitude do filho de Zeus, e não a respeito de si mesmas, que elas indagam:

> O que disto se dirá que é justo? (*E.* 154)

Na segunda estrofe, descrevem o aspecto mais contundente da dor de seus padecimentos: a reprimenda, vinda de sonhos, que as fere no íntimo, no fígado, como o aguilhão de um cocheiro, como o látego de um algoz. Essa sobreposição de imagens de punição não se converte na percepção da própria situação como justa punição sofrida, mas constrói a acusação que a descreve como injúria sofrida.

A segunda antístrofe retoma a oposição entre Deuses novos e velhos antes mencionada (*E.* 150), reiterando a acusação dos "novos" como transgressores da Justiça (*E.* 162-3). No entanto, outra vez, os termos da acusação não ultrapassam a interface dos padecimentos das Erínies com a atitude de Apolo:

> O trono ensangüentado
> dos pés à cabeça,
> pode-se ver o Umbigo da Terra
> pegar poluência horrenda de sangue. (A. 164-7)

A terceira estrofe insiste na acusação do adivinho (*mántis*, *E.* 169) como tocado de poluência no recesso divinatório: atribuem a causa dessa poluência à presença do suplicante e não antes à presença delas mesmas. O inaceitável dessa poluência reside na destruição de antigas partilhas, a saber, na honra que se dá a mortais além da soência dos Deuses, ou ainda: o inaceitável dessa poluência reside na acolhida de Apolo ao suplicante Orestes e assim a tentativa por Apolo de subtrair-lhes a caça já enredada.

A terceira antístrofe proclama que o pranto delas todavia não o absolverá, nem banido sob a terra há de se livrar: por ter a cabeça consagrada, irá a outro poluidor de quem será pasto (*E.* 174-7).

O primeiro episódio (*E.* 179-243) se divide em duas cenas, com a mudança do lugar e do cenário, o que implica prévia saída e nova entrada do coro.

Na primeira cena do primeiro episódio, o confronto ríspido e áspero de Apolo e das Erínies, ainda no interior do santuário, contrapõe-se ao despertar das Erínies descrito no párodo essa nova epifania de Apolo defensor de Orestes. Os argumentos se contrapõem com a sobreposição das imagens em cada um dos dois discursos, o de Apolo e o das Erínies.

Altiva e contemptora ordem de expulsão, eis as primeiras palavras de Apolo à Erínies mesmas. Essa ordem se explica e se justifica em termos de decoro e decência. Apolo não nega a Justiça própria das Erínies, mas cobra-lhes decoro e decência de estar nos lugares onde a Justiça lhes pede a presença. O catálogo desses lugares sobrepõe diversas imagens de violência hedionda.

26

Convém que as Erínies estejam nesses lugares, não convém que estejam no recesso divinatório. Essa quebra do decoro pode-lhes custar maiores padecimentos que as façam vomitar os cruores tomados do massacre. Para Apolo, a poluência do santuário se deve não à presença de seu suplicante, mas à das Erínies. A ordem de expulsão abre e fecha as primeiras palavras de Apolo às Erínies. A contempção dele por elas se resume no apodo:

> (...) rebanho sem pastor,
> Deus nenhum quer semelhante grei. (E. 196-7)

Contra essas ríspidas e ásperas palavras de Apolo, as Erínies têm uma acusação clara e bem definida:

> Soberano Apolo, ouve-me por tua vez
> tu mesmo não és um co-autor disso aí,
> mas de todo fizeste e és de todo autor. (E. 198-200)

Desse enigma da autoria, o Adivinho mesmo pede explicação, o que constitui uma reversão de expectativa, e uma vitória retórica das Erínies, que então tomam a dianteira no interrogatório em que se persegue o autor dessa poluência no recesso divinatório, e assim num diálogo rápido, ríspido e áspero, enunciam-se as interfaces de ambos os reclamantes. As Erínies vêem o massacre da mãe onde Apolo vê as punições em nome do pai. Elas vêem disposição a acolher recente homicida onde ele vê as prescrições devidas a fidelidade e obediência. (*E.* 203-5)

Se elas vêem como um imperativo que se lhes impõe o que a ele lhe parece uma brutal quebra de decoro, isso se deve a que por demais ciosas de seus próprios privilégios (a Apolo tão contemptíveis), elas ignoram a honra e o valor do pacto de Hera perfectiva e Zeus, e ignoram também a honra e o valor do âmbito de Afrodite. (*E.* 206-23).

O justo tratamento dessa ignorância das Erínies, Apolo o deixa ao encargo de Palas Atena (*E.* 224).

Às Erínies lhes basta a justiça de sua própria causa e prometem todo o empenho no cumprimento dessa justiça. A essa proclamação tão terrível para Orestes, contrapõe-se a declaração por Apolo de seu empenho em acudir e defender o seu suplicante (*E.* 229-34), e assim voltamos ao sentido das primeiras palavras da primeira epifania de Apolo (na terceira cena, *E.* 64).

Entre a primeira e a segunda cena do primeiro episódio, há a mudança de lugar e de cenário, do santuário de Apolo em Delfos para o santuário de Atena em Atenas, o que implica que por um lapso indeterminável de tempo a orquestra e o proscênio permanecem vazios. Expulsas do santuário por Apolo mediante ameaça de violência, e obstinadas na perseguição de sua presa, o coro de Erínies tinha dois incontornáveis motivos para abandonar a sede do primeiro cenário. A guia, escolta e pastoreio dispensados por Hermes a Orestes haveriam de despistar e multiplicar as fadigas das Erínies pelos descaminhos da perda de todos os traços vestigiosos.

No segmento que para sermos metódicos e sistemáticos poderíamos entender como a segunda cena do primeiro episódio, as palavras de Orestes o descrevem no interior do santuário de Atena, e como prece dirigida a Palas Atena tanto o mostram em fiel cumprimento da missão imposta por Apolo quanto o situam no âmbito da soberania de Atena.

Orestes descreve a si mesmo na interface do ser com o não-ser quando suplica à soberana Atena que propícia o acolha em sua condição de "ilatente" (*alástora, E.* 236). Essa ilatência, manifesta em Orestes, tem por Musas estas formas divinas da privação de Musas e da alteridade de Apolo: as Erínies. Essa ilatência no entanto se define pela participação em Febo Apolo; quando Orestes se diz "ilatente", assim explica sua condição de negador da latência:

> Não conspurcado, nem sem pureza na mão.
> *Ou prostrópaion, oud' aphoíbanton khéra.* (*E.* 237)

Quando e como se recuperou essa "não impureza na mão", depois de constatada pela visão visionária da profetisa pítia? Orestes mesmo antecipa o primeiro esboço da resposta a essa tão decisiva e fundamental questão: recuperou-se com o abrandamento e desgaste da poluência, durante os percursos e as pousadas em casas de mortais, quando foram do mesmo modo transpostos terra firme e mar (*E*. 238-40). A travessia tranqüila do mar, valendo por um julgamento ordálio, atesta por si mesma o resgate da pureza. Assim em observância das instruções oraculares de Lóxias, Orestes se apresenta no santuário de Palas, ante o ícone da Deusa em cujo âmbito se propõe a permanecer e aguardar o termo da justiça (*E*. 241-3).

ENTRE O ANTIGO ÍCONE E
A PRESENÇA DE ATENA

À prece de Orestes a Atena, no santuário, ante o ícone dessa Deusa, segue o epipárodo, a nova entrada do coro, cujo movimento coreográfico se descreve como o de uma caçada de múltiplas e exaustivas fatigas, quando enfim se descobre claro vestígio dessa caça perseguida pelas Erínies como pelas cadelas uma corça ferida. O epipárodo contém assim o forte contraste de a prece a Atena ter por conseqüência a irruptiva epifania de Erínies que proclamam a força de sua terrífica justiça e por isso mesmo de sua horrenda vitória. (*E.* 244-53)

Essas palavras das Erínies negam por completo a declaração de resgatada pureza de Orestes: se elas farejam o sangue e assim o descobrem antes mesmo de vê-lo, não se sustenta nenhuma asseveração de pureza. Essa certeza, que essa descoberta lhes dá, leva-as a adiantar que não é possível submeter a julgamento esse delinqüente, cuja pena por matricídio com toda a gana desde já se encarregam de fazê-lo cumprir (*E.* 254-68).

As palavras das Erínies concluem com a predição que Orestes verá cumprir-se a justiça de Hades, punitiva dos delitos contra o Deus, o hóspede e os pais. Ainda que a predição não se cumpra e Orestes não veja a execução dessa justiça penal dos ínferos, a proclamação dessa justiça penal dos ínferos constitui uma doutrina associada à função exercida pelas Erínies. O crime de Páris, por exemplo, é entendido como um delito contra o hóspede, punível e punido pelas Erínies (*A.* 59-60, 748-9). Na conclusão do epipárodo, porém, avulta a figura de Hades como um magistrado de todo memorioso e de tudo vigilante que faz aplicar nos ínferos a severa pena aos delinqüentes.

O segundo episódio reitera e amplia a prece de Orestes a Atena (segunda cena do primeiro episódio, *E.* 235-43), desenvolvendo os argumentos, clarificando as razões, e reiterando a prece que pede a presença da Deusa (*E.* 276-98).

Essa segunda prece de Orestes a Atena menciona primeiro essa ciência da palavra que ensina a discernir quando é justo falar e quando é justo calar-se, uma ciência que se aprende entre males. Nessas circunstâncias, porém, Orestes declara falar por ordem de sábio mestre. O caráter profético dessas palavras de Orestes reside em que elas falam diretamente em nome de Apolo no que concerne ao discernimento entre o que falar e o que calar em cada ocasião (*E.* 276-9). Na seqüência das palavras de Orestes, confirma-se, ou não, essa pretensão profética, e como?

Sendo a pureza ritual a condição para que se fale com justiça, Orestes argumenta que é justo que então fale por estas razões: 1) a poluência do matricídio se lavou com lustrações de sangue suíno no lar do Deus Febo; 2) o resgate da pureza é atestado pelo contacto não danoso que Orestes já teve com muitas pessoas; e 3) a natureza universalmente depurativa de que o tempo dá mostras quando envelhece (*E.* 280-6).

Se valem essas três razões, é com justiça, "com lábios puros e palavra fausta", que Orestes pede a Atena o socorro que acuda o homem, a terra e o povo argivos, e que assim celebre com justiça e para sempre uma aliança fiel (*E.* 287-91).

Nessa prece, o catálogo dos lugares freqüentados pela Deusa oferece um paradigma dessa relação demandada no pedido de socorro. Nos lugares freqüentados, mostra-se a figura intrépida e audaz de sua presença estratégica como aliada fiel. É dessa presença divina e dessa relação feita de constância e de fidelidade que Orestes espera obter sua absolvição e libertação (*E.* 292-8).

O primeiro estásimo descreve a completa epifania das Erínies como o coro de Musas hediondas, retas e justas celebrantes e executantes do hino cadeeiro (*hýmnon... désmion, E.* 306). O hino de Erínies visa a pôr a presa em cadeias, mas necessariamente a execução mesma da pena por justiça dos ínferos não se pode dar no santuário mesmo de Palas Atena, que assim serve de abrigo.

Que afinidade há nessa confinidade com que à prece de Orestes a Atena segue a completa epifania de Erínies como coro de Musa hedionda?

A resposta a essa questão, se a houvesse, haveria de se encontrar, depois dessa sobreposição de imagens com as quais as Erínies descrevem a necessidade e a universalidade de suas funções, vistas como privilégios outorgados por antiga partilha; haveríamos de encontrá-la no traço distintivo mais característico do modo de ser da Deusa Atena descrito no segundo episódio: a demanda de saber e de conhecer.

Quem primeiro responde à reiteração da prece de Orestes a Atena é, pois, o coro de Musas hediondas, para primeiro negar qualquer defesa, qualquer socorro, vindo da força de Apolo e de Atena. Não se nega a força mesma desses Deuses, mas sim se nega a pertinência dessa força ao caso em questão. Essa primeira negação é a condição de tudo o que segue, a saber, a completa epifania das Musas hediondas.

Depois dos argumentos com que respondem e rebatem o sentido da prece de Orestes a Atena, as Erínies descrevem a si mesmas e o sentido de sua função e de seu modo de ser. Claro que segundo o procedimento próprio da *theología* como *theogonía*, começam pela genealogia, mas só podem dar o nome da mãe: não têm pai, o que faz delas uma contra-imagem de Palas Atena, que tem pai e é pelo pai.

A genealogia (filhas da Noite) e a natureza fatídica de sua função aproximam essa Musa hedionda das "Sortes que punem sem dó" da *Teogonia* de Hesíodo (*Kêras... neleopoínous, T.* 217)

Essas filhas invocam a mãe Noite a pedirem pelo que lhes constitui o próprio ser e privilégios de nascença, agora violados pelo filho de Leto, quando lhes subtrai a lebre, vítima própria para o sacrifício em expiação do massacre da mãe (primeira estrofe, *E.* 321-7). Assim descrita a vítima como lebre, assim se descreve o sortilégio:

> Sobre esta vítima
> este canto vertigem
> desvario aturdimento
> hino de Erínies cadeia
> do espírito nenhuma lira
> exaustão dos mortais. (E. 328-33)

O detalhado auto-retrato das Erínies quer mostrar por que no caso em questão o hino de Erínies se faz ouvir com justiça. Na partilha dos Deuses, de nascença lhes coube este privilégio exclusivo: perseguir vivos e mortos os mortais acometidos de estultície contra os seus. A exclusividade desse privilégio implica abster-se de pôr as mãos nos Imortais e abster-se dos banquetes comuns aos Deuses e homens, pois outra é a escolha feita por elas nesse sorteio da partilha dos Deuses: elas escolheram como o seu próprio lote a destruição da casa quando nela nutrido Ares destrói um dos que se reconhecem pelo vínculo com a casa. Por forte que seja o assim tocado de Ares, elas o abatem como vítima que lhes é consagrada. (*E.* 334-59)

Por esse privilégio, elas eximem os Deuses dos nefastos cuidados de que são elas diligentes. Dispensado por elas de sequer ouvir o inquérito desses delinqüentes contra o vínculo com a casa, Zeus mesmo lhes desdenha a companhia (*E.* 360-6).

O desdém de Zeus por elas se manifesta na completa perda de toda participação em Zeus pela infausta vítima atingida por elas. As aparências dos mortais, por veneradas que sejam sob o céu, fundem-se e desaparecem sob a terra, sem mais nenhum valor. Essa potência sombria de negação do ser e de seu aparecer deixa-se ver nessa invasão de vestes negras e nessa dança de maligno tripúdio. (*E.* 367-71).

A dança visível do coro figura então o movimento da erronia, esse movimento que faz o errado precipitar-se em erro de conseqüências tão imprevistas quanto insuportáveis, cheias de poluência, de trevas e de lúgubre rumor (*E.* 372-80).

Esse auto-retrato das Erínies se resume no quarto e último par de estrofe e antístrofe, reiterando o valor de seu lote e o lugar de seu ofício. Contemptível para os Deuses aos quais é estranho, venerável para os mortais a que impõe a sua lei fatídica, perfectiva e perfeita, outorgada pelos Deuses, o ofício delas por natureza tem o seu lugar longe dos Deuses, longe da vida divina e da luz (*E.* 381-96).

O terceiro episódio põe em cena a Deusa Palas Atena mesma, apresentando-se nessas circunstâncias e interrogando do mesmo modo a ambos os circunstantes: esse novo bando da terra e esse forasteiro junto ao ícone.

O novo bando da terra é o bando novo na terra, e esse ponto de vista de Atena por si só revoga a contraposição entre Numes vetustos e Deuses novos reclamada pelas Erínies. A interrogação dirigida por Palas Atena a ambos os circunstantes distingue-se por interpelá-los em comum a ambos. Nesse comum a todos reside a justiça com que Palas Atena lhes fala e pede explicações.

Ante a presença da Deusa Atena, ambos os circunstantes reiteram os argumentos em prol da justiça de sua causa, cabendo à Deusa Atena fazê-los encontrarem-se e reconhecerem-se no que têm todos eles em comum (*E.* 397-414).

Mais uma vez se apresenta a ficha de identificação das Erínies: filhas da Noite lúgubre e eterna, chamadas Imprecações nas moradas subterrâneas, têm por honra expulsar de casa os matricidas até onde não se costuma nunca ter alegria (*E.* 415-23).

As circunstâncias presentes, no entanto, não são tão esclarecidas por essas palavras, que não se peça ainda outro esclarecimento: esse homem que perseguem pela ousadia de ter matado a mãe, será que ele se tornou matador da mãe, sob coerção, ou por temer cólera de outrem? (*E.* 424-6).

Não são as Erínies que podem responder a essa pergunta, ainda que a respeito de agir assim, sob coerção, ou por temor de cólera alheia, elas possam reformular de sua própria maneira a interrogação. (*E.* 427)

A reconhecida justiça da filha de Zeus exige que a ambos os presentes (a saber, o novo bando da terra e o forasteiro junto ao ícone) se dê a palavra. Aceito o princípio da superioridade do ser sobre a aparência, reverentes ao respeito em que se têm junto a Palas Atena, as Erínies incumbem a Atena do termo da justiça (*E.* 428-35)

Atena interroga o forasteiro, ordenando-lhe que fale de sua região, de sua família e de sua situação, e dá-lhe ainda outra ordem: que repila de si o vitupério que lhe é feito e fale com clareza igual à confiança que tem na justiça, enquanto olha o ícone, sentado perto da lareira da Deusa Atena. (*E.* 436-41).

Orestes outra vez reitera a sua prece a Atena, dando-lhe desta vez o novo formato de resposta à interrogação de Palas Atena:

primeiro, fala de sua própria situação como não portador de poluência e dá por razão dessa não impureza a realização, em outro santuário, dos ritos tradicionais de purificação; depois, dá o nome de sua região e fala de seu glorioso pai, da morte sem nobreza em que sucumbiu ao doloroso ardil armado pela mãe, o seu próprio regresso do exílio e massacre da mãe por instruções e ameaças de Apolo, e por fim, o seu acatamento da sentença proferida por Palas Atena (*E.* 442-69).

Entre um e outro discursos, como encontrar o que todos têm em comum de modo que aí se encontrem e assim se reconheçam e estejam de acordo quanto ao termo da justiça?

Palas Atena apresenta os meios e o modo de ser, necessários e imprescindíveis para a viabilização desse encontro de todos e de cada um em comum acordo. De fato, sob diversos aspectos, Palas Atena se apresenta como esses meios e esse modo de ser.

Desses diversos aspectos de sua presença, descritos por sobreposição de imagens, primeiro se destaca o da autoridade que em nome dos filhos de Teseu toma posse de terras, junto ao Escamandro, conquistadas pelas armas. A ambigüidade dessas referências abarca o que se deu no passado exemplar (os filhos de Teseu, Acamante e Demofonte, participaram da Guerra de Tróia, segundo a tradição) e o que se deu recentemente (reivindicação ateniense da fortaleza de Sigeu, no promontório de Tróade). Por todas essas referências e sobretudo pela rica ambigüidade delas, a figura de Palas Atena se associa a imagens do exercício do poder público ateniense. (*E.* 397-402)

O problema cenográfico, que o texto atual por sua duplicidade de indicação não resolve, se Atena entra de carro, ou a pé, ou ainda *ex machina*, em nenhum momento se confunde com o sentido dos meios e do modo de ser que se apresentam com a presença da Deusa Atena. (*E.* 403-5)

A marca mais notável desse modo de ser, manifesta na demanda de saber e de conhecer, abre a possibilidade de se encontrar o caminho desse comum acordo, e já o indica, desde as primeiras palavras dirigidas pela Deusa a ambos os circunstantes (a saber, o bando novo na terra e o forasteiro junto ao ícone, *E.* 406-14).

No entanto, antes que se explicite e que se ofereça explicitamente a indicação desse caminho ao comum acordo e dos meios de percorrê-lo, Atena ouve a palavra de um e de outro, e assim, por sua própria presença e modo de interrogar, ela disciplina o uso da palavra de um e de outro (*E*. 415-69).

Ouvidos um e outro dos contendentes, contrapostos um e outro clamores por justiça, configura-se claramente o dilema por se resolver, e impasse atinge do mesmo modo os homens mortais e a Deusa imortal:

> Se a um mortal parece esta causa grave
> demais para julgar, nem me é é lícito
> dar sentença de massacre motivo de ira. (*E*. 470-2)

Por um lado, o forasteiro abraçado ao ícone há de ser acolhido como suplicante purificado e não danoso à casa que o acolhe; e Zeus Suplicante vela pela justiça dos suplicantes. Por outro lado, esse bando novo na terra não traz consigo um quinhão fácil de descartar, e se não obtiver ganho de causa, depois o veneno vem de seus pensamentos e cai no chão como uma insuportável e lúgubre doença. (*E*. 473-9)

Tal é a situação: é impossível que se evite a cólera, quer condenado, quer absolvido Orestes, quer vencedoras, quer vencidas as Erínies (*E*. 480-1).

Os termos do dilema são os termos do impasse, mas também a razão de que Atena não decida só por si mesma a pendência em questão, nem dê como parte envolvida a sua sentença como a sentença final do caso. Ao invés desse encaminhamento, que a esse exame se revela inviável e impossível de conduzir ao desfecho da causa e ao termo da justiça, Atena faz uma outra escolha, que reúne os meios disponíveis de ultrapassar os limites dos restritos pontos de vista implicados no conflito e envolvidos na contenda:

> Já que a coisa atingiu este ponto,
> escolho, no país, juízes de homicídio
> irrepreensíveis, reverentes ao instituto
> juramentado que instituo para sempre.
>
> (*E*. 482, 475, 483-4)

Nesse momento em que se abre a possibilidade de encontrar-se o comum acordo, há, para cada um dos circunstantes aí presentes, o que fazer em prol da justiça de sua causa. Que cada um convoque testemunhas e indícios, pois essas são as retidões auxiliares da justiça. Os meios de encontrar o comum acordo, disponíveis para cada um de todos eles, passam pela reunião de testemunhas e de indícios. Justapostos testemunhas e indícios, de ambos se diz que são "retidões", por que deles se espera que digam verdades verificáveis e comprováveis nesse confronto direto de testemunhas e indícios. (*E.* 485-8)

Para tanto, a figura de Atena retoma o aspecto associado a imagens do exercício do poder público ateniense, aspecto com que se mostrou em suas primeiras palavras (*E.* 397-402), e assim se dispõe a reunir a seleção dos mais aptos cidadãos para que no concerto dos mais aptos cidadãos e da Deusa cidadá os contendentes encontrem o que têm em comum como o desfecho da causa e o termo da justiça (*E.* 487-9).

AS DUAS FACES DA FUNÇÃO CORAL

No segundo estásimo de *Eumênides*, o coro assume e incorpora um novo ponto de vista, que reassume seus anteriores reclamos desde a perspectiva de horizontes políticos. A novidade desse ponto de vista reside em que a terrífica figura das Erínies se faz porta-voz dos interesses da comunidade política. Nesse novo discurso dos interesses da comunidade política recorrem imagens e noções com que em Agamêmnon o coro de anciãos argivos reflete e pensa os acontecimento de seu tempo. Quais são essas imagens e noções que se dão a ver nessa nova perspectiva instaurada pelos interesses da comunidade política?

As imagens e noções são recorrentes das duas primeiras tragédias da trilogia e na terceira tragédia renovam o discurso do coro de Erínies, dando maior clareza ao discurso político, ao indicarem, pela reiteração, as referências fundamentais desse discurso.

Inicialmente o coro denuncia a eventual vitória da causa do matricida como subversão das soências das leis: esse ganho de causa servirá de estímulo aos já predispostos à violência contra os pais, e assim muitas dores de fato infligidas por filhos aguardam os pais no porvir (*E.* 490-9).

Por outro lado, esse quadro social de violência se agravará com a desautorização das Erínies imposta pelo ganho de causa do matricida. A segunda antístrofe ressalta assim o alcance social da função exercida pelas Erínies: somente sua vigilância dos mortais e sua perseguição rancorosa e furente dos acometidos de estultície contra os seus hão de inibir a delinqüência e assim dar remédio aos males e trégua às dores (*E.* 499-507).

A impossibilidade de invocar a justiça e tronos de Erínies na imprecação de pai ou mãe, moribundos por sofrerem violência de filhos, dá origem à ruína do palácio de Justiça. Essa identificação e identidade de Erínies e Justiça ocorre em *Agamêmnon*, ao redor do grande altar de Justiça, e em *Coéforas*, sob a figura do hóspede tardio, que chega com a Noite e Nume noturnos.

Em *Eumênides*, no segundo estásimo, entende-se *díka*, "justiça", em dois sentidos contrapostos: 1) o sentido em que os nomes verbais "justiça e dano" (*díka te kaì blába, E.* 492) se associam com um só e mesmo sujeito dessas ações: "este matricida" (*toûde matroctónou, E.* 493), e assim apontam o que se deve evitar por suas terríveis conseqüências; e 2) o sentido em que o nome de "Justiça" (*Díka, E.* 511) justapõe-se ao de "tronos de Erínies" (*thrónoi t'Erinỹon, E.* 512), e assim invocam o "palácio" (*dómos Díkas, E.* 516) e o "altar de Justiça" (*bomòn... Díkas, E.* 539).

Esse vínculo entre Justiça, filha de Zeus, e Erínies, filhas da Noite, se mostra nos benefícios do terror:

> Há onde o terror está bem.
> *Ésth' hópou tò deinòn eû. (E.* 517)

A presença de Erínies se mostra efetiva por seus benefícios, quando elas permanecem sentadas a vigiar os pensamentos dos mortais, pois aos mortais é-lhes útil serem prudentes, mesmo por força dessa presença (*E.* 517-21).

A segunda antístrofe parece concluir com a asseveração de que, sem o coração nutrido de medo, nem o indivíduo nem a comunidade teria respeito por Justiça (*E.* 522-5).

Os terceiro e quarto pares de estrofe e antístrofe do segundo estásimo desenvolvem a reflexão da prudência na perspectiva aberta por esses horizontes políticos. Essa reflexão abarca com um mesmo olhar o indivíduo e a comunidade, quando distinguidos pela prudência, e quando privados dela.

A terceira estrofe situa a prudência no meio termo eqüidistante de desgoverno e despotismo, como uma disposição divina; e afastamento dessa medianidade implica as dificuldades relativas ao divino e ao destino, nas quais se configuram a soberbia e suas ruinosas conseqüências (*hýbris, E.* 534; cf. A 757-72). A prudência, definida como saúde dos pensamentos, traz um resultado bem oposto ao da soberbia: a querida de todos e solicitada prosperidade (*ólbos, E.* 537).

Há uma sutileza nessa doutrina comum dos cantos corais, pois se a prosperidade (*ólbos*), por um lado, é vista como filha da prudência, por outro, é mencionada também como um dos elementos que compõem a condição da soberbia (*E.* 563; cf. *A.* 753).

O que dá à prosperidade o caráter positivo e eudemônico de bom sucesso é a reverência pelo altar de Justiça (*E.* 539, cf. *A.* 383-4). O desejo do ganho e do lucro não se sobrepõe impune ao respeito pela santidade do que é justo. Essa santidade se manifesta tanto na honra devida aos pais, quanto na que se deve aos hóspedes; ofendê-las é mais grave que o suportável. (*E.* 538-49)

A quarta estrofe estabelece que o vínculo entre justiça, prosperidade e segurança vem de uma afinidade com a justiça que reside em exercê-la sem coerção de outrem. Para descrever a contrapartida dessa afinidade e vínculo com Justiça e suas garantias, o quarto par de estrofe e antístrofe retoma da primeira e da segunda tragédias da trilogia as imagens náuticas de diversas situações de navio no mar e de diversas atitudes do capitão do navio (*A.* 154, 462-7, 650-70, 1007-14; *C.* 429-33, 558-62, 563-5).

O sorriso irônico que o homem injusto suscita no Nume é irônico por que não se revela, nem ilumina a quem o desperta, e assim esse que o suscita desaparece no mar, ignorado e sem pranto (*E.* 550-65)

A INSTITUIÇÃO DO TRIBUNAL NO AREÓPAGO POR ATENA

O terceiro episódio põe em cena o acontecimento mítico da instituição do tribunal no Areópago por Atena para julgar o caso de Orestes e assim resolver a inextricável contenda de Apolo e Erínies.

Os juízes do caso é o colégio dos melhores cidadãos reunidos por Palas Atena, e o procedimento a seguir decorre da atitude própria da Deusa Palas Atena perante ambas as partes contendentes, ao ouvi-las imparcialmente a uma e outra partes e ponderar suas razões.

Escolhidos pela Deusa dentre os seus concidadãos, os juízes tanto mais bem podem exercer sua função judicativa quanto mais participam da Deusa e partícipes mostram afinidade com a atitude própria dela, quando votam de acordo com o seu próprio senso de justiça.

Cabendo ao arconte rei reunir e presidir o conselho no Areópago, o exercício dessas funções por Palas Atena identifica-a com o poder público ateniense e revela a santidade tanto desse exercício do poder quanto do procedimento por ela instituído como um rito judiciário. Sob esses aspectos, as falas da Deusa nessa cena são em muitos pontos explícitas (*E*. 566-73, 681-710).

Em exercício no cargo de arconte rei, a Deusa Palas Atena recorre aos serviços do arauto e do trombeteiro para conter a multidão da comunidade política presente e reduzi-la ao silêncio perante o distinto conselho por ela mesma escolhido e reunido.

A Deusa assim os interpela à multidão toda da comunidade política e ao distinto conselho: à multidão auxilia o silêncio e o conhecimento dos institutos que ela então institui para todo o sempre; ao conselho, que saiba, além disso, especificamente como decidir a sentença (*E*. 566-73)

Supõe-se a entrada de Apolo entre os versos *E*. 573-4, porque Palas Atena se dirige a ele com especial deferência como a saudar sua chegada. A controvérsia sobre a atribuição dessas linhas *E.* 574-5 ao corifeu não se sustenta, pois como saudação de acolhida essas palavras supõem o exercício da autoridade de arconte rei.

Beneficiando-se dessa deferência, Apolo se apresenta como testemunha de defesa, porquanto o acusado é suplicante e hóspede de seu palácio; ele mesmo o purificou do massacre e agora o defenderá, assumindo Apolo ele mesmo a responsabilidade pela matança da mãe, e acatando a autoridade de Palas na condução do processo (E. 576-81).

Essa reiterada declaração de Apolo reitera sua contraposição às Erínies nessa inextricável contenda, cuja solução repousa inteiramente tanto na participação comum dos contendentes em Palas Atena, quanto na presença de Palas Atena comum a ambas as partes da contenda.

Na disposição desde o início de ouvir a ambas as partes e encontrar o que ambas têm em comum como o desfecho da causa e o termo da justiça, a Deusa Palas Atena, presidindo a primeira sessão do conselho no Areópago, dá a palavra às contrapostas Erínies, oferecendo ao acusador a precedência na instrução da questão (*E.* 582-4).

Bem longe de pronunciarem um discurso ininterrupto, como se esperaria que fosse a prática mais freqüente no tribunal, as Erínies dão ocasião à *stikhomythía*, e conduzem uma seqüência de interrogações a Orestes que por fim o reduz a apelar ao Deus Apolo e calar-se.

> Somos muitas, mas falaremos curto,
> responde fala por fala por tua vez. (*E.* 585-6)

Ainda que inusitado e inesperado no tribunal, esse método interrogativo praticado pelas Erínies inegavelmente lembra o método de que Sócrates, segundo Platão, não desdenhou nem mesmo quando fez sua defesa no tribunal. Não menos que reduzir o adversário ao silêncio, o método interrogativo busca estabelecer os termos em que estão de acordo o mestre condutor do diálogo e o discípulo interrogado.

A interrogação conduzida pelas Erínies tem por tema a ação de matar a mãe, e a esse respeito perguntam a Orestes 1) *se matou* (*E.* 587), 2) *como* matou (*E.*591), 3) *por quem persuadido* e aconselhado (*E.* 593), 4) *se o entendimento do oráculo* era que matasse a mãe (*E.* 595).

Nesse momento de passagem da responsabilidade pela ação em si mesma à responsabilidade pela incitação à ação, parece abrir-se a Orestes a sua possibilidade de defesa, mediante o encarecimento de sua motivação.

Indagado a respeito do entendimento do oráculo, Orestes responde que a presente sorte lhe parece irrepreensível, esclarecendo a seguir que tem confiança em Apolo e que, especificamente quanto ao voto dos juízes, tem confiança no apoio (*arogás*) vindo da tumba do pai (*E.* 598).

A acusação aponta a inconsistência da confiança que tenha em mortos o matador da mãe, e Orestes encarece a sua motivação do matricídio com a duplicação da ignomínia perpetrada pela mãe:

> Matando o marido matou meu pai. (E. 602)

A acusação refuta esse argumento com a constatação de que Orestes está vivo, mas a mãe pagou com a morte o que tivesse feito (*E.* 603). Se em vida ela não foi perseguida pelas Erínies, por que Orestes o seria? (*E.* 604). As Erínies, com incrível modéstia, ou extremo pragmatismo na argumentação, reduzem suas atribuições à punição de delitos contra a consangüinidade. A mulher não é consangüínea do marido, mas não se pode negar que o nascituro no ventre se nutre do sangue materno, e assim Orestes não pode repudiar o vínculo de consangüinidade que o prende à mãe e que o deixa à mercê das fúrias punitivas (*E.* 605-8).

Reduzido ao silêncio, Orestes reitera o seu apelo ao Deus Apolo, reiterando nesse apelo a súplica pela justiça do Deus (*E.* 609-13; cf. *E.* 85-6).

A palavra de Apolo, dirigida a esse interlocutor plural a quem define como "grande instituição de Atena" (*hymâs, tònde Athenaías mégan / thesmón, E.* 614-5), declara que é justo o ato de Orestes,

43

e que essa justiça se deve à conformidade do ato com a ordem de Zeus. Quem atesta essa conformidade é Apolo na qualidade de adivinho sem mentira.

> No trono divinatório nunca disse
> de homem, de mulher ou de cidade
> senão ordem de Zeus Pai dos Olímpios.
> Sabei quão forte é esta justiça; digo-vos
> que sigais junto o conselho do Pai,
> pois juramento não pode mais que Zeus. (*E.* 616-21)

A palavra de Apolo fala do sentido irresistível de Zeus, e declara inequivocamente a conformidade da ação de Orestes com esse sentido irresistível de Zeus, estabelecendo assim uma unidade no interior desta hierarquia: Zeus Pai dos Olímpios, o Adivinho sem mentira no trono divinatório, e seu hóspede Orestes nessa figura de suplicante purificado.

O corifeu interroga Apolo sobre o que parece ser uma falha e ruptura nessa unidade interna da hierarquia divina: a falha e ruptura reside em não atribuir nenhuma honra à mãe, quando no dizer de Apolo Zeus ordena a vindicta em nome do pai (*E.* 622-4).

Apolo refuta que haja alguma falha (de unidade interna da hierarquia divina) nessa defesa de seu hóspede, argumentando que nesse caso pai e mãe não estão no mesmo plano, dadas as qualificações do varão e do que se perpetrou contra ele. Afinal, trata-se de 1) um nobre, 2) rei honrado com o cetro de Zeus, 3) morto por mulher, não com setas lançadas de longe à maneira de Amazonas em combate, 4) mas como passa a relatar, descrevendo o recurso doloso de Clitemnestra, sem explicitamente qualificá-lo como doloso (ao contrário, em *Coéforas*, ressalta-se explicitamente o caráter doloso tanto do crime de Clitemnestra quanto da vindicta de Orestes). As duas primeiras agravantes concernem à posição social e política do varão morto; as duas outras agravantes concernem às circunstâncias infames da morte: não só contra a nobreza do varão, mas sobretudo contra a realeza mesma da sua participação em Zeus; não só longe de ser morto em declarada guerra, mas ainda com a injúria de sucumbir em casa a ignominioso dolo da própria mulher. Em resumo, as condições oprobriosas da morte desse varão "venerado por todos, chefe da armada", atingiria como um acinte até mesmo os sentimentos dos varões que se dispõem a dar a sentença (*E.* 625-39).

O corifeu busca então um novo flanco para o seu ataque, e contesta a asseveração apolínea de que Zeus honre a sorte paterna, alegando que Zeus levou à prisão o seu velho pai Crono (*E.* 640-3).

Essa alegação do corifeu revela tal incompreensão do sentido de Zeus, que Apolo interpela o corifeu e o coro como "feras odiosas a todos, horror dos Deuses" (*E.* 644).

Entre essas duas predicações de Zeus, a de que honra a sorte paterna e a de que prendeu o velho pai Crono, a contradição alegada pelo corifeu só se deixa ver desde remoto e degradante afastamento e alheamento dos Deuses com a perda de toda a participação em Zeus.

Tão remota ignorância de Zeus não permite a essas "feras odiosas a todos, horror dos Deuses," perceberem que estes dois atos não têm o mesmo peso, nem estão no mesmo plano: 1) prender com cadeias um imortal, quando muitos são os meios de libertação, e 2) matar um mortal, quando uma vez morto não há como reverter a morte (*E.* 644-56)

A confusão ignara entre o plano do imortal e o do mortal se agrava com a confusão indistintiva entre a importância do velho pai Crono e a de Zeus Pai dos Olímpios.

O corifeu, batido na trilha do discurso de Zeus, tenta outro caminho sem se deixar surpreender com a proximidade e equivalência entre esse novo caminho e a trilha já batida. Por esse, como por aquela, o corifeu se aventura a discorrer a respeito do que ultrapassa o âmbito de sua competência e atribuições, e assim se obstina a apontar falha e ruptura (de unidade interna da hierarquia divina) nessa defesa do hóspede por Apolo. Aparentemente, o corifeu ignora que possa haver eficácia purificatória na relação e no rito celebrado entre o Deus Purificador e seu hóspede a suplicar-lhe por purificação; tudo se passa como se para o corifeu a impureza provocada pelo matricídio fosse inolvidável, irremovível e inextinguível.

O impuro está excluído de todo contacto e de toda participação social e política, sob pena de poluir também os que tivessem com ele qualquer contacto; banido, Orestes não poderia, pois, recuperar nem o seu legado paterno nem a sua cidadania argiva.

Ante tão obstinada recusa de pôr-se além de seu próprio horizonte, Apolo recorre a um similar procedimento e recusa-se terminantemente a ver algo além de seu próprio horizonte. É dessa negação nascida do recurso à reciprocidade que vem a força avassaladora do inesperado e extravagante argumento que nega toda a maternidade à mãe mesma.

Apolo reduz o corifeu ao silêncio, mediante um jogo de especularidade, pelo qual Apolo, assumindo essa mesma atitude obstinadamente mantida pelo corifeu, recusa-se a ver algo além de seu próprio horizonte, e assim (já que se faz necessário vencer o debate), de acordo com os seus prévios e próprios princípios, Apolo declara que "não é a denominada mãe quem gera o filho" (*E.* 658-9).

Tão inesperado e extravagante quanto a intervenção de Erínies na relação e no rito celebrado entre Apolo Purificador e seu hóspede a suplicar-se por purificação, é o argumento inopinado de Apolo, segundo o qual a mãe não é genitora.

Diz esse argumento que a mãe não é genitora, mas nutriz de alheia semente: a mãe nutre, mas não gera; conserva o gérmen, se algum Deus não impede; o pai é o genitor.

Para comprovar esse argumento de que "o pai poderia gerar sem mãe" (*E.* 663), Apolo apresenta como testemunha a filha de Zeus

> não nutrida nas trevas do ventre,
> gérmen que nenhuma Deusa geraria. (*E.* 665-6).

Quando se toma por testemunha a autoridade mesma que preside a sessão do conselho, não é de estranhar que se possa também apontar as vantagens de ser justo:

> Palas, eu, quanto ao mais, como sei,
> farei grande tua cidade e teu povo (*E.* 667-8).

Apolo conclui declarando sua expectativa de que seja perene o pacto firmado entre a Deusa e esse enviado seu, Orestes (*E*. 669-73).

Depois desses votos de amizade eterna formulados por Apolo, o corifeu já não tem mais nada a acrescentar. Ante o silêncio, a Deusa Palas Atena pergunta se já se debateu o suficiente, e se ela já pode ordenar que se passe à votação de justa sentença (*E*. 674-5). Ante a anuência de ambas as partes da contenda (*E*. 676-80), a Deusa Palas Atena convida o povo ático a ouvir o instituto, que agora institui, no primeiro julgamento de crime de sangue (*E*. 681 4).

Esse discurso inaugural, que Atena dirige ora ao presente conselho de juízes, ora aos cidadãos do porvir (espectadores do teatro de Dioniso), fala primeiro da perenidade desse conselho, para sempre pertencente ao povo de Egeu; e depois, fala do lugar e do nome do lugar, evocando os acontecimentos que deram origem ao nome. Quando as Amazonas, irritadas contra Teseu, atacaram a acrópole, acamparam nessa pedra e nela fizeram sacrifício em honra a Ares, donde o nome "pedra de Ares". Entendido como indício numinoso, o nome anuncia a afinidade desse lugar, definido pelo sacrifício a Ares, com o julgamento de crimes de sangue (*E*. 685-90).

A esses aspectos de perenidade e de localidade da instituição, soma-se a presença divina de Reverência e Pavor, coibitiva de injustiça. Nesse terceiro aspecto da instituição, ressoam e recolhem-se as palavras do coro a respeito dos benefícios do terror (*E*. 690-740, cf. *E*. 517-30).

Ao anunciar Reverência e Pavor, as palavras de Palas Atena tornam-se ambíguas, de modo a compreenderem a amplitude dessa benéfica presença divina:

> (...) Aqui Reverência
> e congênere Pavor dos cidadãos coibirão
> a injustiça dia e noite do mesmo modo (*E*. 690-2).

A ambigüidade reside na possibilidade de entender-se o complemento "de cidadãos" como o sujeito ou como o objeto dos nomes "Reverência" e "Pavor". Se se entende "dos cidadãos" como sujeito desses nomes, a reverência e o pavor inspirados pelos cidadãos aos juízes do conselho impedirão os juízes de serem injustos. Se se entende "dos cidadãos" como objeto desses nomes, a reverência e o pavor inspirados pelo conselho de juízes aos cidadãos impedirão que os cidadãos sejam injustos. Ambos os entendimentos, possíveis, juntos dão conta dos ambivalentes benefícios dessa intimidadora e terrífica presença divina: Reverência e Pavor.

A santidade dessa presença divina se descreve com a imagem da fonte límpida, que pune o seu poluidor negando-se a dar-lhe de beber. Conserva-se a pureza da fonte preservando-a de maus afluxos e lama: assim se perpetuam para o porvir os benefícios da instituição, quando os cidadãos se abstêm de inovações das leis. Instituídas pela Deusa, essas leis são originariamente boas. A santidade da presença divina se revela na justiça que lhe é inerente (*E.* 693-5).

Aos cidadãos cabe cuidar de manter a proximidade dessa presença divina; pois ausentes Reverência e Pavor, desaparecia também a justiça da relação entre os homens.

No discurso inaugural de Atena ressurge a mesma tríade configuradora da privação de justiça, já antes apontada pelo coro em sua face de porta-voz da comunidade política: desgoverno, despotismo e destemor (*E.* 696-9, cf. *E.* 521-30).

A presença divina de Reverência e Pavor, ao coibir delinqüência e assegurar justiça aos cidadãos, dispensa as suas bênçãos aos campos cultivados em paz, e mantém preservada a ordem social, guarnecendo e fortalecendo a comunidade política, de modo a distingui-la das demais, próximas ou distantes (*E.* 700-4).

Assim são ressaltados estes aspectos da instituição: 1) perenidade; 2) localidade; 3) a presença de Reverência e Pavor, e 4) os benefícios dessa presença. A Deusa Palas Atena institui esse (presente instrumento do) conselho, não tocado nem tangível pela ganância de lucro, inspirador de respeito e respeitoso, movido de célere cólera, que, por esses atributos de justiça, reverência e pavor, serve de atalaia na terra, uma sentinela bem desperta em defesa dos que dormem (*E.* 704-6).

A Deusa explicita que essas palavras de exortação se dirigem também aos seus cidadãos no porvir (espectadores do teatro de Dioniso), e em seguida ordena que os conselheiros se levantem, levem o seu voto e dêem a sentença, respeitado o juramento (*E.* 707-10). Nessa cláusula do respeito ao juramento, Atena reitera o vínculo entre o juramento e a função do juiz (*E.* 710, cf. *E.* 483-4). Ao encarecer o respeito pelo juramento, Atena não só reforça a solicitação do corifeu aos seus hóspedes conselheiros (*E.* 680), mas também, de certa forma, revoga a instrução de Apolo contemptora de juramento (*E.* 621), e assim, reparando a desdenhosa afronta, faz um desagravo, admitido que há no juramento algo de divino, eficaz e benéfico.

Enquanto os votos pingam nas urnas, os favoráveis numa delas e os contrários na outra, o corifeu e Apolo recapitulam os aspectos contrapostos com o rigor próprio das imagens e das simetrias especulares (*E.* 711-53).

Nessa recapitulação, o corifeu retoma o tom do despertar das fúrias no santuário de Apolo em Delfos, e aconselha os juízes a não desonrarem o peso que a companhia tem para o solo. A retomada do tom furente se concentra na demanda de que se reconheça o valor próprio do quinhão que as distingue (*E.* 711-2; cf. *E.* 143-77).

Em contrapartida, Apolo exorta os juízes a temerem os oráculos nos quais se manifesta a participação dele em Zeus, e assim não os ignorarem, mas observarem o quanto nesses oráculos se manifesta o sentido de Zeus (*E.* 713-4).

O corifeu, tentando romper esse equilíbrio de justas reivindicações contrapostas, reitera a acusação de poluência no umbigo da terra, pela acolhida de Apolo ao suplicante sujo de sangue. Essa interface entre poluência e pureza constitui o limite ignorado pelas Erínies, quando elas intervêm na relação e no rito celebrado entre Apolo Purificador e seu hóspede a suplicar-lhe por purificação (*E.* 715-6).

Antes, Apolo respondera a essa acusação de modo contemptor, pela reprodução dessa atitude afrontosa de ignorar algo além de seu próprio horizonte, com o inopinado argumento que nega toda maternidade à mãe mesma (cf. *E.* 657-67). Nessa recapitulação, Apolo responde à mesma acusação com ironia, perguntando se também Zeus resvalou em algum erro por seus desígnios quando o primeiro homicida Ixíon suplicou-lhe por purificação (*E.* 717-8). A ironia da pergunta consiste em associar o epíteto indicativo da supremacia de Zeus, "Pai" (bem entendido: "Pai dos Deuses e dos homens"), à noção de queda, o que é a freqüente e eloqüente imagem da privação de toda participação em Zeus:

> Também o Pai falha (...)?
> *E kaì patèr ti sphálletai* (...)? (*E.* 717)

Se antes o inopinado argumento de Apolo reduzira o corifeu ao silêncio, desta vez, com a ironia ostensiva, Apolo leva o corifeu a reiterar o que reivindica em sua demanda de que se reconheça a especificidade que lhe é própria (*E.* 719-20).

Essa especificidade não suscita em Apolo senão desdém. Contemptora é a face com que Apolo encara a sua interface com as Erínies (*E.* 721-2).

Ante esse contemptamento, o corifeu formula contra Apolo uma clara acusação de transgressão. No palácio de Feres, como nessa defesa de Orestes, Apolo é acusado pelo corifeu de persuadir as Deusas Partes a tornarem os mortais imortais (*E.* 723-4). Feres é pai de Admeto, rei de Feras, na Tessália, e de Admeto Apolo foi hóspede e em retribuição deu-lhe a possibilidade de escapar da morte; assim, por Admeto e Orestes, são dois os casos em que Apolo transgride o limite fixado na partilha das Partes (filhas de Zeus / filhas da Noite), pela qual Deuses e homens têm cada um o seu quinhão. Admitida essa acusação contra Apolo nos termos em que ela é formulada, não seriam verdadeiras as palavras de Apolo a respeito da irreversibilidade da morte para os mortais (cf. *E.* 647-51).

Ante tão grave acusação, nova ironia de Apolo: a fatigante e dolorosa via de saber por sofrer, imposta por Zeus aos mortais (cf. *A.* 177), tem um sentido suave e sorridente na retribuição de um favor bem recebido por Deus:

50

Não é justo beneficiar o devotado,
ainda mais ao se encontrar carente? (*E.* 725-6)

O corifeu mantém sua acusação de que Apolo transgride ao
burlar com dolo a competência dos filhos da Noite (*E.* 727-8).
Nessa contenda de competências, a ambigüidade inerente
à fronteira dos contendentes torna reversível a acusação de
transgressão, e assim sujeita o reclamante acusador de transgressão
a ser denunciado por sua vez como transgressor. As últimas
palavras de Apolo ao corifeu, nessa contenda de competências, são
de desdém (*E.* 729-30).

O corifeu reitera a acusação de transgressão, combinando a
imagem de atropelamento com a oposição "velha novo" (*presbytin
neós, E.* 731).

Estaríamos sujeitos a vastos equívocos, se entendêssemos essa
oposição na perspectiva aberta pela cronologia e supuséssemos que
"velha" vem necessariamente antes de "novo" e assim os Deuses
antigos são anteriores aos novos, e esses novos, como intrusos e
usurpadores, surgiram depois dos antigos.

Essa oposição "velha novo" ganha diversos valores segundo o
momento das diversas personagens que a empregam. Inicialmente,
no prólogo, Apolo a usa para depreciar as Erínies, e "anciãs
antigas filhas"(*graîai palaiópaides, E.* 69) na sua fala tem a
conotação de decrepitude anterótica (e por isso contrária à vida)
da proximidade da morte:

(...) abomináveis virgens
anciãs filhas antigas a quem não se une
nem Deuses nem homens nem feras jamais (E. 68-70).

As Erínies retomaram essa oposição, no párodo, restaurando o
sentido prestigioso da palavra *graías* ("anciãs", "vetustas", *E.* 150),
ao declararem-se ultrajadas pela transgressão de que acusam
Apolo:

Jovem atropelaste vetustos Numes.
Néos dè graías daímon kathippáso. (*E.* 150)

51

Néos ("jovem", "novo"), nessa voz do coro, ganha então um sentido depreciativo, com a conotação de inexperiência, imperícia, imprudência e arrogância. Esse sentido pejorativo de *néos* é reforçado com a substituição da palavra *graîa* pela palavra (quase sinônima, mas claramente laudatória) *presbytin* ("velha", "senhora", *E.* 731).

A transição de *graîa* ("anciã") para *presbytin* ("senhora") passa pelos quase sinônimos *palaiás* ("antigas", *E.* 727) e *arkhaías* ("velhas", *E.* 728), com uma gradação de nuances, que qualifica diversamente e sob pontos de vista diversos a condição da velhice.

Seria, pois, melhor que estivéssemos sujeitos a vastos equívocos por outro motivo que por um entendimento cronológico da oposição "velha novo" (*E.* 731).

Quando o corifeu reitera a acusação de transgressão combinando a imagem de atropelamento com essa oposição, não só retoma a fala de sua primeira epifania, no párodo (*E.* 150), mas dá-lhe também o sentido pleno de expressão de seu próprio ser:

> Quando tu novo me atropelas velha,
> espero vir a conhecer esta sentença
> ponderando a cólera contra o país. (*E.* 731-3)

Cônscio da natureza benéfica da justiça inerente à sua causa, a expectativa da sentença para o corifeu coincide com a avaliação do bem ou do mal que se fará à cidade: o bem da justa sentença que ao corifeu o apazigua, ou o mal da sentença injusta que a ele o encoleriza.

Na função de arconte rei, a presidir a sessão do tribunal, após todos terem votado, Palas Atena anuncia o seu voto a favor de Orestes, justifica-o pela afinidade de seu próprio ser com a função de *patér*, estabelece a regra de que em caso de empate a vitória cabe ao acusado Orestes, e dá aos juízes o ofício de retirar e contar os votos das urnas, ordenando-lhes que o façam (*E.* 734-743).

Os diversos aspectos da afinidade de seu próprio ser com a função de *patér* se descrevem não só com imagens teogônicas, mas também com uma interpretação *ad hoc* dessas imagens.

Uma leitura bem determinada das imagens teogônicas as adequa e lhes dá pertinência ao caso de Orestes. Como se determina essa adequação e pertinência? Na *Teogonia* de Hesíodo, Atena, filha de Zeus, tem mãe: a oceanina *Metis* ("Astúcia"),

Mais sábia que os Deuses e os homens mortais (*T.* 887).

Quando em sua primeira gravidez, Astúcia é engolida por Zeus e assim incorporada a ele, para que não se cumprisse a previsão de que ela gerasse um filho soberbo que fosse rei dos Deuses e dos homens em vez de Zeus, e para que ela, Astúcia, indicasse a Zeus o bem e o mal, *i.e.* o que convém e o que não convém à realeza de rei dos Deuses e dos homens (*T.* 88-900).

Nessas circunstâncias de previsão e de providências no exercício da realeza, Zeus mesmo, da própria cabeça, gerou Atena de olhos glaucos. Esse epíteto *glaukópida*, "de olhos glaucos" (*T.* 924), diz do brilho dos olhos que vêem com clareza o fim que se propõe e os meios de atingi-lo. Atena assim é gerada

igual ao pai no furor e na prudente vontade (*T.* 898).

Entenda-se, pois, como um recurso para ressaltar a sua afinidade com o pai, a declaração por Atena de que não há uma mãe que a tivesse gerado (*E.* 736), e com esse recurso entende-se que do ponto de vista de Atena, *Metis* ("Astúcia", "Manha") é um aspecto de seu próprio pai Zeus.

Essa mesma afinidade com a função de *patér*, ao justificar seu voto favorável a Orestes, implica também desprestigiar a sorte da mulher que mata o marido guardião da casa. Em seu sentido originário, a palavra *patér* significa, mais do que a paternidade, a autoridade paterna no interior da grande família humana e divina.

A ambígua e tensa expectativa, durante a espera de que se completasse a contagem dos votos, mostra-se definida nos quatro versos da *stikhomythía* de Orestes e o corifeu (*E.* 744-7). Contrapõem-se a atitude de Orestes, que pede a Apolo a sentença,

53

quando lhe pergunta qual será a sentença, e a atitude do corifeu, que pede o testemunho da mãe Noite negra, quando lhe pergunta se vê isso. Isso o quê? Para Orestes, a ambigüidade entre enforcar-se e ver a luz; para o corifeu, a ambigüidade entre perecer e usufruir honras. Há na ambigüidade desse momento de expectativa uma lógica de exclusão, segundo a qual não só para Orestes se abre a terrível alternativa entre morrer ou viver, e ele invoca Apolo, mas também para o corifeu se abre a terrível alternativa de desaparecer ou desfrutar das honras, e ele invoca a mãe Noite negra.

Na expectativa de que se decida a ambigüidade dessa alternativa terrível para ambas as partes, Apolo encarece o cuidado na contagem dos votos e o valor decisivo de cada voto, pelo qual se decide a sorte da casa (*E.* 747-52).

Não se há de entender que a "casa" cuja sorte aí se decide tanto é a casa mortal de Orestes quanto o âmbito de Deuses tão diversos quanto Erínis e Noite por um lado e por outro Apolo, Zeus e Atena?

Trata-se, pois, de como se pode descrever a relação mútua dos Deuses entre si mesmos e entre esses Deuses mesmos e os homens mortais. A dificuldade se instala não só na relação mútua dos Deuses olímpios e ctônios, mas também na relação entre esses mesmos Deuses e os mortais, Orestes argivo, por um lado, e os juízes atenienses, por outro.

A expectativa se desfaz com a revelação da igualdade de votos, o que pela regra instituída por Atena significa a absolvição do acusado Orestes (*E.* 753-4), mas não ainda as terríveis dificuldades da relação entre Deuses imortais e homens mortais.

Embora semelhantes às aporias dialéticas da relação das formas inteligíveis entre si mesmas e entre essas mesmas formas e os seres sensíveis, a resolução dessas terríveis dificuldades depende em parte da astúcia e em parte da palavra persuasiva de Palas Atena.

HEROLOGIA E POLÍTICA

As palavras de gratidão de Orestes livre a Palas salvadora de seu palácio (*E.* 754-77) são iluminadas de um novo ponto de vista, o da glória própria à vida vivida na proximidade do divino, e esse novo ponto de vista é ressaltado tanto pelo recurso de descrever o presente visto desde o futuro (*E.* 756-59), quanto pelo discurso de Orestes ao falar de si em sua condição póstuma de herói (*E.* 767-74).

Um dia um grego dirá que o argivo Orestes habita de novo o palácio paterno, graças a Palas, Lóxias e o onipotente terceiro salvador. Atena e Apolo salvam a casa de Orestes mediante a participação de ambos os Deuses e do mortal em Zeus, o que neste caso justifica a sua invocação pelo título "terceiro salvador", cujo sentido usual é o de terceiro por ser a terceira libação nos banquetes consagrada a Zeus salvador.

Recuperados a cidadania, o palácio e os bens paternos, antes de regressar à pátria, para retomar a posse de seus haveres, Orestes fez o juramento de pacto com o território e o povo de Palas Atena.

Em nome de sua terra e por todo o porvir, Orestes celebra esse pacto, cuja garantia há de ser a potestade presente em seu túmulo.

A crença de que um poder póstumo excepcional distingue a categoria dos heróis da dos mortos comuns serve de garantia às palavras juradas de Orestes. Assim também antes essa mesma crença lhe dera a garantia, que pedira junto ao túmulo paterno, de bom sucesso na consecução de seu plano, arriscado e por fim bem-sucedido.

AS HONRAS DAS VENERÁVEIS

Ausentes, ou pelo menos mudos, sem mais palavras, Apolo e Orestes, segue-se um debate entre o coro e Atena, no *kommós* (*E.* 778-880). Ao pranto do coro contrapõem-se os argumentos de Atena no esforço de transmutar os motivos de pranto em motivos de júbilo.

O coro lê a absolvição de Orestes como atropelamento de antigas leis e como roubo do que as antigas leis lhe colocavam nas mãos como quinhão de honra. A absolvição de Orestes, enquanto supressão desse quinhão de honra, para o coro constitui uma desonra (*E.* 778-80).

O coro diz antigas essas leis ante a novidade desses "outros novos Deuses" (*Theoí neóteroi, E.* 778), que as transgridem. Para o coro, tanto é laudatória a antigüidade das antigas leis, quanto é pejorativa e execrável a novidade dos "outros novos Deuses".

As antigas leis não se contrapõem, pois, à nova instituição por Palas Atena do tribunal no Areópago, mas sim se contrapõem à tríade salvadora de Orestes: Apolo, Atena e Zeus; pois são estes, e não aquela, quem as atropela e o priva do que, segundo elas, lhe pertence.

Desonrado e ultrajado, o coro descreve o seu próprio estado de dor como a dor que infligirá à terra e aos cidadãos entre os quais sofreu tais padecimentos, descrevendo assim a sua própria presença como a face sombria e meôntica de Justiça, a quem indignado invoca (*ó Díka, Díka, E.* 785).

A cólera do coro, suscitada pela acintosa afronta que lhe arrebatou o quinhão de honra, verte de seu coração o veneno que age como uma peste a conspurcar as fontes mesmas da vida, a devastar a vegetação e os rebanhos, e a destruir os mortais (*E.* 780-7). Essa devastação e destruição da vida é a face tétrica e meôntica com que Erínis se mostra quando há de fazer reconhecer o que por justiça lhe pertence como o seu quinhão de honra e como o seu modo próprio de ser ela mesma.

Cabe a Atena demover o coro dessa posição que vê na absolvição de Orestes a desonra das Erínies, e persuadi-lo a aceitar as honras que os cidadãos se dispõem a prestar-lhe.

Atena argumenta que 1) as Erínies não foram vencidas, porque a sentença proveio da igualdade dos votos, e assim não as desonrou; 2) eram claros os testemunhos provenientes de Zeus, e o oráculo mesmo deu testemunho de que Orestes ao agir assim não teria danos; e 3) por ambas as razões, a igualdade dos votos e a clareza do testemunho oracular, as Erínies devem abster-se de infligir sua cólera à terra e aos cidadãos; mas 4) receber as honras próprias à entronização das Erínies mesmas nessa terra, entre esses cidadãos (*E.* 794-807).

Na primeira antístrofe, o coro repete as mesmas palavras da primeira estrofe, no mais eloqüente gesto de quão pouco as palavras de Atena o demoveu de sua posição indignada e colérica por se ver desonrado (*E.* 808-22).

Ante essa obstinada surdez a seus argumentos, Atena os reitera, resumindo os argumentos já apresentados (*E.* 824-5), assinalando um sentido implícito da confiança em Zeus, ao apontar uma implicação inesperada do ataque das Erínies contra essa terra e esses cidadãos, defendidos pela Deusa única dos Deuses, a conhecer a chave da câmara em que está lacrado o raio (*E.* 826-8). Sendo desnecessário explicar a assinalada implicação, dada a docilidade do coro (*sỳ d'eupethès emoí*, *E.* 829), Atena renova o apelo de que abstenham de devastar a terra e contenham a cólera, e descreve as honras que teriam nessa terra, se domiciliadas e partícipes do culto, propiciadas com oferendas antes de nascimentos e de núpcias. Com essas oferendas se pedem as bênçãos das Erínies por ocasião de nascimentos e matrimônios; e a ocasião mostra o vínculo entre as honras das Erínies, os laços de consangüinidade e os laços de união amorosa.

Na segunda estrofe, o coro pranteia a perda de suas antigas honras, as ameaças à terra e aos cidadãos consistem em bufar cheio de cólera e de rancor, e invoca a mãe Noite como testemunha dos dolos invencíveis com que os Deuses (novos) reduzem suas honras a nada (*E.* 837-46).

Entre o ameaçador anúncio de que bufa enfurecido e a invocação da mãe Noite como testemunha, o coro em tom interrogativo anuncia a surpreendente dor que sente no flanco. Essa imagem anatômica de dor remete à imagem de aguilhoamento do fígado com que se descreve o despertar das fúrias no santuário délfico (cf. *E.* 135-6, 155-61). A imagem de dor, como elemento descritivo de certos aspectos da relação entre algum dos Deuses e Zeus, é um traço comum desta tragédia *Eumênides* e das versões hesiódica e esquílica do mito de Prometeu (cf. *T.* 524, e *Pr.* 1025).

Nesses três exemplos de uso da imagem de dor figadal como elemento descritivo da relação entre algum dos Deuses e Zeus, a dor corresponde à percepção divina de perda da honra, entendendo-se honra tanto como o quinhão de honra quanto como o quinhão de ser e haver a cada um dos Deuses dado na grande partilha (cf. *T.* 74, 112, 203-4, 425).

Se assim é, pode-se entender essa dor pela qual o coro se deixa surpreender como percepção de novo momento da relação desse Deus com sua confinidade e afinidade com os outros Deuses e especialmente com Zeus Olímpio.

Ante essas novas palavras com que na segunda estrofe o coro pranteia a privação de honras sofrida por ele nessa terra entre esses cidadãos, Atena reitera seus argumentos no esforço de transmutar os motivos de pranto em motivos de júbilo, propondo uma leitura da presente situação do coro não como motivo de pranto, mas como motivo de júbilo (*E.* 848-69).

Ao reiterar desta vez seus argumentos, Atena confere mais relevância à expressão de cortesia (*E.* 847-50), mais clareza à definição topológica e heortológica (*E.* 851-7), e ainda revela sob um novo aspecto os efeitos nocivos da cólera furiosa: a guerra civil e violência mútua dos cidadãos (*E.* 858-66), e conclui com uma imagem da (re-)integração cósmica das honras do coro nessa ordem simultaneamente política e divina (*E.* 867-9).

A repetição literal das palavras da segunda estrofe na segunda antístrofe já não soa desta vez como irremovível obstinação surda aos esforços persuasórios de Atena. Ao contrário do que ocorre no primeiro par de estrofe e antístrofe, no segundo par a repetição antes parece um esgotamento das razões do pranto, de modo que com essa segunda repetição o pranto se esgota e o *kommós* se fecha (*E.* 869-80).

Para que tanto se dê, mais uma vez Atena reformula e anuncia de novo seus argumentos, num resumo que lhes dá mais clareza (*E.* 881-91). A Infatigável (*T.* 925; *Il.* 2, 157; *Od.* 4, 762; 6, 324) diz que não se cansa de descrever os bens oferecidos por ela e por seus concidadãos como antídoto das palavras vituperiosas com que o coro se declararia Deus antigo desonrado a errar expulso dessa terra por outra Deusa jovem e pelos mortais defensores da cidade. Os bens oferecidos são a cidadania e a participação dos cultos como não teria alhures nunca, uma vez domiciliado o coro em honrosa sede próxima do templo de Erecteu (cf. *E.* 853-8).

A cláusula da pura reverência a Persuasão, delícia e encantamento da palavra de Palas, parece impositiva de uma conseqüência obrigatória, a de que o coro permaneça; mas é no entanto seguida tão-somente do enunciado de uma possibilidade, a de que o coro permaneça (*E.* 885-7).

Contemplada também a possibilidade de que o coro não queira permanecer, por justiça não poderia, entretanto, fazer pesarem sobre o país os malefícios de sua cólera e rancor ruinosos aos cidadãos (*E.* 887-9), pois apresenta-se ao coro a possibilidade de possuir gleba desse solo por justiça e ser assim honrado para sempre.

Em vez de ser com uma nova estrofe de pranteado canto, desta vez o corifeu responde aos reiterados argumentos de Atena com cinco perguntas e uma dúvida a respeito dessa oferta de domicílio e de participação nos cultos (*E.* 892-902). Assim se esclarecem os diversos aspectos jubilosos das honras das Venerandas, contrapostos às pungentes dores da desonra.

O vínculo entre prosperidade da casa e culto das Venerandas contrasta com as devastações da casa pelas Erínies punitivas. Esse vínculo, que as fortalece, vem-lhes da participação comum de Atena na correção da sorte de quem as venera.

A garantia da perpetuação dessas tão gratas honras, por isso, há de ser dada pela palavra perfectiva de Atena.

Ao mostrar-se a eficácia persuasiva dessa palavra encantatória e perfectiva de Atena, é possível a dúvida se o que se mostra é o que parece. O momento da dúvida é o trânsito de um a outro contraposto estado de ânimo.

Concluída essa transição com o acréscimo de novas amizades, a quinta pergunta do corifeu é a respeito de que hino cantar por essa terra, suposto que cantado pelo coro o hino também participe desse poder encantatório e perfectivo da palavra de Atena. As instruções de Atena (*E.* 903-15) contemplam a presença benéfica dos poderes ctônios residentes no solo dessa terra e entre os cidadãos.

Essa presença ctônia e noturna, reconciliada, manifesta-se quando os ventos em dia sereno andam no chão vindos da Terra, do orvalho marinho e do Céu. A fertilidade da Terra e do rebanho com o tempo não se cansa de florescer para os cidadãos, salvas as sementes mortais. Assim a Deusa Atena formula seus votos de que a presença benéfica das venerandas seja mais produtiva dos que as veneram. Por que os formula? Pelo vínculo afetivo do culto: o cultivo de planta e o pastoreio de rebanho têm um elemento comum com o cuidado de homem. Atena, também partícipe desse elemento comum, pelo vínculo afetivo do culto, quer que não tenha padecimentos a família desses justos, os juízes por ela reunidos no Areópago.

Assim Atena descreve a benéfica presença de seu interlocutor, para quem se define por sua predileção de Deusa guerreira por seus cidadãos, manifestando o júbilo das amizades firmadas.

Na seqüência de três pares de estrofe e antístrofe cantados pelo coro e entremeados pelas falas de Atena (*E.* 916-1031), explicitam-se os diversos aspectos dessa relação entre a presença benéfica das venerandas, Atena e o convívio de ambas nessa terra com esses cidadãos. Essa relação múltipla e una deixar-se-ia descrever como comunidade de gêneros, *koinonía genôn*, uma vez admitidas as equivalências descritas na fórmula:

> *Zeús* : *agathón* :: *Theoí* : *idéai*;
> *Athánatoi* : *thnetoí* :: *noetá* : *aisthetá*.

60

Ainda que nos deixemos guiar por essas equivalências, explicadas alhures, detenhamo-nos por ora nas imagens com que se descrevem os diversos âmbitos e competências de ambas as presenças divinas, a da filha de Zeus e a das filhas da Noite, tanto na relação entre uma e outra, quanto na relação entre elas e esses cidadãos nessa terra. O coro aceita a oferta de domicílio e participação nos cultos e retribui essas tão manifestas imagens descritivas de sua benéfica presença descrevendo esses mesmos cidadãos como

> (...) atalaia dos Deuses,
> ao defender altares de gregos
> imagem dos Numes. (*E.* 919-21)

Zeus onipotente e Ares, que espreitam pelos olhos desses cidadãos, têm a imagem estatuária, que os imita, nessa cidade para sempre vitoriosa nos conspícuos combates de Ares.

As venerandas oram pelos cidadãos que luminoso raio do sol faça brotar da terra abundantes dons utílimos à vida (*E.* 922-6).

Atena justifica a sua oferta de domicílio às venerandas pelo vínculo afetivo que a liga a seus cidadãos e pelos benefícios provindos da presença das venerandas nesse domicílio. Grandes e implacáveis Numes, no sorteio das sortes, elas tiveram a de conduzir tudo o que concerne aos homens, e com esse poder impedem que os reincidentes no erro prosperem. Por soberba que seja a fala de inveterado delinqüente, elas iradas inimigas o abatem em silenciosa ruína (*E.* 927-37).

Os poderes ctônios com suas bênçãos ao solo não só impedem que a pestilência bafeje as árvores e que os ardores crestem os botões, mas ainda os repele das fronteiras locais. Aliados a Pã, os poderes ctônios dão fertilidade aos rebanhos, e aliados a Hermes facultam a inesperada descoberta de riquezas minerais (*E.* 938-47).

Quando Atena interpela seus cidadãos, a respeito do que ouvem das venerandas, redefinindo-os como "atalaia do país", redimensiona a referência pela qual os cidadãos se definem. Do ponto de vista da vigilância como função e finalidade do estado de alerta em atalaia (*phroúrion,* cf. *E.* 919; 948), importa mais à atividade do vigia estar atento ao objeto da vigilância (*póleos phroúrion*, *E.* 948) do que voltar a atenção ao sujeito dessa mesma vigilância (*phroúrion Theôn*, *E.* 919). No mais, Atena atesta que as palavras das venerandas se cumprem por sua participação delas tanto nos Deuses imortais quanto nos ínferos, e assim entre os homens para uns se apresentam nas festivas canções, mas para outros ao prantearem a perturbada vida (*E.* 948-55). Aliados às Deusas Porções (*Moîrai, E.* 961), os poderes ctônios estendem suas bênçãos às jovens amorosas, porque repelem o traspasse violento dos jovens e concedem-lhes a sorte do convívio com o marido. Porções são filhas da mesma mãe Noite, e também marcadas por essa mesma duplicidade que marca as Erínies: por um lado lúgubres e meônticas, por outro, salutares e benéficas. Nessa ambigüidade entre ser fundante e negação do ser é que as Erínies se desdobram em *Eumênides*, e as Porções (*Moîrai*) se inserem tanto no catálogo dos filhos da Noite quanto no da geração de Zeus e Têmis. Essa duplicidade de inserção nas linhagens genealógicas diz o mesmo que a ambivalência de seus dons:

> (... elas dão
> aos mortais os haveres de bem e de mal.
>
> (Hesíodo, *Teogonia*, 905-6)

Se entendemos *agathón te* ("bem e") no sentido de ser fundante, e *kakón te* ("e mal") no contraposto sentido de negação do ser, podemos dizer, nesse mesmo sentido, que Zeus e os Deuses Olímpios são dadores de bens, e que das Deusas filhas da Noite provém todos os deletérios males que afligem os mortais, sendo visível em todos os males a mesma marca de negação do ser.

No entanto, se na interface dos Olímpios e das filhas da Noite revela-se tão surpreendente unidade, pode-se esperar que a mesma unidade se deixe ver tanto no interior dessa transição de Erínies a *Eumênides*, quanto na dúplice inserção em contrapostas linhagens genealógicas dessas mesmas figuras com essa mesma ambígua e ambivalente função de conceder os haveres de bem e de mal.

A aliança entre as Deusas Porções e as venerandas *Eumênides* em prol da felicidade conjugal passa necessariamente pelas potestades que exercem o poder que lhes é próprio no âmbito do matrimônio. Por isso é de se supor que *kyri'ékhontes* ("ó Potestades", *E.* 960) seja evocação de Hera e Zeus e também de Afrodite (cf. *E.* 213-6).

Nessa aliança entre Porções venerandas, entretanto, os dons das *Eumênides* aos cônjuges pertencem ao âmbito dos Numes dispensadores desses haveres pelos quais a vida para cada um se faz com as feições de cada um. Por participarem as *Eumênides* nesses Numes da reta partilha, estão presentes em toda casa, e o peso da presença delas todo o tempo sobrepaira, assistindo à justiça (cf. *E.* 217-8), e em toda parte são as mais honradas entre os Deuses (*E.* 961-7). Assim a excelência dos dons numinosos corresponde à estima das honras prestadas pelos mortais. Ainda que seja violenta a graça dos Numes, é no congraçamento dos Numes e dos mortais que está a dispensa dos dons daqueles a esses.

Nesse congraçamento se manifestam os jubilosos benefícios do (que também poderia se mostrar com a face lúgubre e letal) do terror. Esses jubilosos benefícios se dão nos mesmos âmbitos das mesmas competências que, sem a mediação de Atena, seriam terríveis e mortíferas. O júbilo é comum a todos os presentes pelo vínculo afetivo que nos cultos e nos cuidados une os mortais e os Numes. Atena se alegra com a presença benéfica das *Eumênides* junto a seus cidadãos, e ressalta a importância de Persuasão, cujo olho lhe dirigia a língua e a voz no esforço de convencer as relutantes interlocutoras, até que o poder de Zeus manifesto no âmbito da ágora desse completa vitória à porfia de Atena pela consecução dos jubilosos benefícios (*E.* 968-75).

Assim se revela também pela participação de Atena o lado luminoso da Deusa Persuasão, cuja face sombria já se mostrara tanto nos atos criminosos como a da "insuportável filha de Erronia (*paîs áphertos Átas*, *A.* 385-6), quanto na ação punitiva como a da "Persuasão dolosa" (*Peithò dolían*, *C.* 276).

Em sua prece pela cidade as *Eumênides* pedem a supressão da guerra civil (*stasin*, "sedição", *E.* 977) e a unânime concórdia dos cidadãos em suas manifestações de amizade e de hostilidade. Essa concórdia que une e reúne os cidadãos em torno de seus interesses comuns é o remédio curativo de muitos males entre os mortais. As bênçãos dos poderes ctônios favorecem e preservam no âmbito doméstico a felicidade conjugal e no espaço público a segurança e o bem-estar social (*E.* 976-86).

Atena reafirma a reciprocidade do vínculo afetivo que nos cultos e nos cuidados entrelaça a benevolência mútua das venerandas e de seus cultores. Por essas honras, reciprocamente reconhecidas e prestadas entre esses e aquelas, compartilhadas e convividas em sua intrínseca unidade, a retidão da justiça brilha e reside na terra e no país (*E.* 988-95).

No último par de estrofe e antístrofe, cantado pelo coro e entremeado pela fala de Atena (*E.* 996-1020), repetem-se as saudações das venerandas à cidade vista em seu vínculo com Atena e com Zeus. É nessa cidade fundada em seu vínculo com Atena e com Zeus que Atena oferece e concede às venerandas domicílio e participação nos cultos.

Dando prosseguimento a seu desempenho na função de arconte rei, Atena caminha à frente para mostrar os aposentos às domiciliadas, à luz consagrada da procissão. Com a oferta de domicílio e de participação nos cultos, o convite se desdobra em pedido de que retenham nos ínferos o ruinoso e enviem o proveitoso à vitória da cidade. Aos cidadãos, nessa oportunidade chamados "filhos de Pedregoso" (*Kranaoû, Crânao,* "Pedregoso", *E.* 1011), Atena ordena que as conduzam ao domicílio com as honras de domiciliadas, e faz-lhes votos de que tenham bons pensamentos de bens.

As *Eumênides* reiteram suas saudações à cidade vista em seu vínculo com Atena e com Zeus, vínculo no qual doravante elas se inserem, em sua nova condição de domiciliadas (*E.* 1014-20).

Concluída a prece, Atena aprova com gratidão as palavras da prece, e conclui também as instruções a respeito da posição solene que há de conduzir as venerandas ao domicílio delas (*E.* 1021-31).

Alan H. Sommerstein imagina e descreve uma procissão com cerca de 35 figurantes, distribuídos em sete grupos: 1) os portadores de tocha, talvez em número de dois; 2) Atena; 3) a sacerdotisa de Atena, auxiliada dos que tocam a vítima sacrificial; 4) outros serviçais de Atena, no mínimo seis, inclusos os que trazem as vestes purpúreas que as venerandas passam a usar nessas novas condições da reconciliação; 5) o arauto e o trombeteiro; 6) os juízes do tribunal no Areópago, talvez em número de onze; e, por fim, 7) as venerandas, adornadas de vestes purpúreas (SOMMERSTEIN, Alan H. Aeschylus, *The Eumenides*, p. 278). O cortejo solene à luz das tochas dá às palavras ditas o sentido pragmático da consagração ritual (*E.* 1032-47).

A instituição do tribunal do Areópago por Palas Atena não somente oferece um paradigma mítico dos procedimentos e funcionamento desse instituto em Atenas no século de Ésquilo, mas ainda põe em questão a relação mútua dos Deuses Olímpios e Ctônios entre si mesmos, e entre esses mesmos Deuses e os homens mortais. Ao pôr em cena tal questão, a última tragédia da presente trilogia mostra como as dificuldades e aporias, que constituem a condição prévia dessa relação complexa e múltipla entre contrapostos Deuses imortais e contrapostos homens mortais, tornam-se comparticipação perene e comunidade harmoniosa, mediante a comparticipação e presença de Palas Atena.

SINOPSE DO ESTUDO DA TRAGÉDIA
EUMÊNIDES DE ÉSQUILO

1. Delineamento dos principais problemas hermenêuticos da tragédia *Eumênides*: 1) A contraposição entre Apolo e Erínies; a unidade subjacente e não-substancial dos contrários configurada na privação de participação em Apolo como exposição às Erínies (cf. *C.* 269-296). 2) A contraposição entre Deuses "novos" e "antigos"; a percepção arcaica da temporalidade como qualitativa, predicativa e decorrente da presença divina; inadequação da cronologia e impertinência da concepção cronológica do tempo. 3) O coro: as diversas faces de sua natureza e função; a identidade das Erínies nas três tragédias: o sentido da ação atual em *E.* 210-2 e o âmbito dos dons das Erínies em *E.* 900-87.

2. **Prólogo** (1-139): Primeira cena: prece da profetisa pítia aos Deuses fundadores do oráculo de Delfos; a theología como theogonía, o sorteio e as soências da consulta (1-33). Segunda cena: a visão numinosa e terrífica da pítia, o apelo a Lóxias (34-63). Terceira cena: (ecciclema) o Deus e o herói, o diálogo imediato e os mediadores divinos Hermes e Palas (64-93). Quarta cena: o espectro de Clitemnestra e o sono perturbado das Erínies (94-139).

3. **Párodo** (140-177): O despertar das Erínies no santuário de Apolo: o Deus jovem / Deuses novos e os Numes vetustos; o sonho e o aguilhão no fígado; o Umbigo da Terra; o pasto de outro poluidor.

4. **Primeiro episódio** (179-243): Primeira cena, em Delfos: contraposição entre Apolo e Erínies. Segunda cena, em Atenas: Prece de Orestes "não conspurcado, nem sem pureza na mão" (237), a Atena, ante o ícone, no templo.

5. **Epipárodo** (244-275): A irruptiva epifania de Erínies nega a alegada pureza de Orestes, pois farejam o sangue e assim o descobrem antes mesmo de vê-lo; a justiça penal dos ínferos; Hades, o juiz dos mortais, memorioso e omnivide.

6. Segundo episódio (276-298): As razões da pureza e justiça de Orestes: 1) lustrações de sangue suíno no lar délfico, 2) contacto não danoso com muitos, 3) natureza depurativa do tempo, quando envelhece; catálogo de lugares freqüentados por Atena.

7. Primeiro estásimo (299-396): Erínies negam não a força de Apolo e Atena, mas a pertinência dessa força no caso de Orestes, retas e justas celebrantes e executantes do hino cadeeiro (*hýmnon désmion*, 306). Apresentação de Erínies: filhas de Noite (contra-imagem de Palas Atena), entoam o hino sem lira que mirra os mortais; perseguem os que matam alguém da família, ofício isolado dos Deuses, nas trevas ermas de sol.

8. Terceiro episódio (397-489): Ante Palas Atena, ambos os circunstantes reiteram os argumentos em prol da justiça de sua causa, cabendo a Atena fazê-los encontrarem-se e reconhecerem-se no que têm todos eles em comum. É impossível evitar-se a cólera, quer do suplicante (e de Zeus Suplicante), quer das Erínies. Como solução do impasse, Atena escolhe na *pólis* juízes de homicídio.

9. Segundo estásimo (490-565): O coro se faz porta-voz de interesses da comunidade política.

10. Quarto episódio (566-777): Instituição do tribunal no Areópago por Palas Atena. Debate entre Apolo e Erínies. A figura do herói na despedida de Orestes.

11. *Kommós* (778-880): A cólera das Erínies e a persuasão de Atena como imagens míticas e divinas da "comunidade dos gêneros" (*koinonía genôn*, cf. Platão, *Sofista*, 250 ss.).

12. Último episódio (881-1031): As honras das Veneráveis.

13. Êxodo (1033-1047): O cortejo e a entronização das Erínies.

ORESTÉIA III

EUMÊNIDES

NOTA EDITORIAL

O texto base desta tradução segue o de Alan H. Sommerstein, exceto nos versos:

119	(Dodds)
416	(*consensus codicum*)
632a	(Headlam)
774	(Denys Page)

AS PERSONAGENS DO DRAMA

(Profetisa) Pí(tia).
Ap(olo).
Or(estes).
(Espectro de) Cl(itemnestra).
Co(ro de Eumênides).
At(ena).
C(or)t(ejo).

ΠΥΘΙΑ

Πρῶτον μὲν εὐχῆι τῆιδε πρεσβεύω θεῶν
τὴν πρωτόμαντιν Γαῖαν· ἐκ δὲ τῆς Θέμιν,
ἣ δὴ τὸ μητρὸς δευτέρα τόδ' ἕζετο
μαντεῖον, ὡς λόγος τις· ἐν δὲ τῶι τρίτωι
λάχει, θελούσης, οὐδὲ πρὸς βίαν τινός,   5
Τιτανὶς ἄλλη παῖς Χθονὸς καθέζετο
Φοίβη· δίδωσιν δ' ἣ γενέθλιον δόσιν
Φοίβωι, τὸ Φοίβης δ' ὄνομ' ἔχει παρώνυμον.
λιπὼν δὲ λίμνην Δηλίαν τε χοιράδα,
κέλσας ἐπ' ἀκτὰς ναυπόρους τὰς Παλλάδος,   10
ἐς τήνδε γαῖαν ἦλθε Παρνησσοῦ θ' ἕδρας·
πέμπουσι δ' αὐτὸν καὶ σεβίζουσιν μέγα
κελευθοποιοὶ παῖδες Ἡφαίστου, χθόνα
ἀνήμερον τιθέντες ἡμερωμένην.
μολόντα δ' αὐτὸν κάρτα τιμαλφεῖ λεὼς   15
Δελφός τε χώρας τῆσδε πρυμνήτης ἄναξ·
τέχνης δέ νιν Ζεὺς ἔνθεον κτίσας φρένα
ἵζει τέταρτον τοῖσδε μάντιν ἐν θρόνοις·
Διὸς προφήτης δ' ἐστὶ Λοξίας πατρός.
τούτους ἐν εὐχαῖς φροιμιάζομαι θεούς.   20
Παλλὰς προναία δ' ἐν λόγοις πρεσβεύεται.
σέβω δὲ Νύμφας, ἔνθα Κωρυκὶς πέτρα
κοίλη, φιλόρνις, δαιμόνων ἀναστροφή.
Βρόμιος δ' ἔχει τὸν χῶρον, οὐδ' ἀμνημονῶ,
ἐξ οὗτε Βάκχαις ἐστρατήγησεν θεὸς   25
λαγὼ δίκην Πενθεῖ καταρράψας μόρον.
Πλειστοῦ δὲ πηγὰς καὶ Ποσειδῶνος κράτος
καλοῦσα καὶ τέλειον ὕψιστον Δία,
ἔπειτα μάντις εἰς θρόνους καθιζάνω.
καὶ νῦν τυχεῖν με τῶν πρὶν εἰσόδων μακρῶι   30
ἄριστα δοῖεν· κεἰ πάρ' Ἑλλήνων τινές,

PRÓLOGO

Pi. Primeiro dos Deuses nesta prece venero
Terra, primeira adivinha. Dela provém
Têmis, essa após a mãe sentava-se neste
oráculo, como contam. No terceiro sorteio,
porque ela anuiu, e não por violência,   5
outra Titânida filha da Terra teve assento,
Febe, e essa o doa, natalícia dádiva,
a Febo. Ele tem de Febe o cognome.
Deixou a lagoa e o penhasco délio,
aportou nas costas navegáveis de Palas   10
e veio a esta terra e sede do Parnaso.
Abrindo caminho os filhos de Hefesto
fazem-lhe escolta, prestam-lhe culto,
sendo amansadores de terra bravia.
Delfo, o rei timoneiro desta região,   15
e o povo muito honram a sua chegada.
Zeus o torna pleno de divina arte
e põe quarto adivinho no trono,
e Lóxias é profeta de Zeus Pai.
Por esses Deuses, preludio a prece.   20
Palas Pronaia precede no preito.
Venero as ninfas da côncava pedra
Corícia, grata às aves, morada de Numes.
Brômio tem a área, não deslembro,
daí o Deus conduziu tropa de Bacas   25
tramando morte de lebre a Penteu.
Invoco águas de Plisto, poder de Posídon,
invoco o perfectivo e supremo Zeus,
depois adivinha me sento no trono.
Dêem-me hoje lograr a melhor entrada   30
que antes. Se há gregos presentes,

ἴτων πάλωι λαχόντες, ὡς νομίζεται·
μαντεύομαι γὰρ ὡς ἂν ἡγῆται θεός.

ἦ δεινὰ λέξαι, δεινὰ δ᾽ ὀφθαλμοῖς δρακεῖν,
πάλιν μ᾽ ἔπεμψεν ἐκ δόμων τῶν Λοξίου,   35
ὡς μήτε σωκεῖν μήτε μ᾽ ἀκταίνειν στάσιν·
τρέχω δὲ χερσίν, οὐ ποδωκείαι σκελῶν.
δείσασα γὰρ γραῦς οὐδέν, ἀντίπαις μὲν οὖν.
ἐγὼ μὲν ἕρπω πρὸς πολυστεφῆ μυχόν·
ὁρῶ δ᾽ ἐπ᾽ ὀμφαλῶι μὲν ἄνδρα θεομυσῆ   40
ἕδραν ἔχοντα προστρόπαιον, αἵματι
στάζοντα χεῖρας, καὶ νεοσπαδὲς ξίφος
ἔχοντ᾽ ἐλαίας θ᾽ ὑψιγέννητον κλάδον
λήνει μεγίστωι σωφρόνως ἐστεμμένον,
ἀργῆτι μαλλῶι· τῆιδε γὰρ τρανῶς ἐρῶ.   45
πρόσθεν δὲ τἀνδρὸς τοῦδε θαυμαστὸς λόχος
εὕδει γυναικῶν ἐν θρόνοισιν ἥμενος.
οὗτοι γυναῖκας, ἀλλὰ Γοργόνας λέγω·
οὐδ᾽ αὖτε Γοργείοισιν εἰκάσω τύποις.
εἶδόν ποτ᾽ ἤδη Φινέως γεγραμμένας   50
δεῖπνον φερούσας· ἄπτεροί γε μὴν ἰδεῖν
αὗται, μέλαιναι δ᾽, ἐς τὸ πᾶν βδελύκτροποι,
ῥέγκουσι δ᾽ οὐ πλατοῖσι φυσιάμασιν,
ἐκ δ᾽ ὀμμάτων λείβουσι δυσφιλῆ λίβα·
καὶ κόσμος οὔτε πρὸς θεῶν ἀγάλματα   55
φέρειν δίκαιος οὔτ᾽ ἐς ἀνθρώπων στέγας.
τὸ φῦλον οὐκ ὄπωπα τῆσδ᾽ ὁμιλίας,
οὐδ᾽ ἥτις αἶα τοῦτ᾽ ἐπεύχεται γένος
τρέφουσ᾽ ἀνατεὶ μὴ μεταστένειν πόνον.
τἀντεῦθεν ἤδη τῶνδε δεσπότηι δόμων   60
αὐτῶι μελέσθω Λοξίαι μεγασθενεῖ·
ἰατρόμαντις δ᾽ ἐστὶ καὶ τερασκόπος
καὶ τοῖσιν ἄλλοις δωμάτων καθάρσιος.   63

ΟΡΕΣΤΗΣ
ἄναξ Ἄπολλον, οἶσθα μὲν τὸ μὴ ἀδικεῖν.   85
ἐπεὶ δ᾽ ἐπίσται, καὶ τὸ μὴ ἀμελεῖν μάθε.   86

76

venham, segundo sorteio, como sói ser.
Vaticino como Deus vai conduzindo.

Terror de dizer, terror de ver com os olhos,
repeliu-me do palácio de Lóxias,   35
a eu não ter forças, nem ficar de pé.
Corro com as mãos, não ágeis pernas.
Apavorada, anciã nada vale, é criança.
Eu me esgueiro no engrinaldado recesso,
e junto ao Umbigo vejo o homem horrendo   40
aos Deuses, conspurcado, tendo as mãos
sangrentas e a espada recém-puxada,
portador de ramo de oliveira altaneiro
com prudência coroado com largo velo,
com alva lã, assim se diz claramente.   45
Diante desse homem, espantoso bando
de mulheres dorme sentado nos bancos.
Nem digo mulheres, mas Górgones
Nem as comparo às formas gorgôneas.
Vi já numa pintura: elas tiravam   50
comida de Fineu. Asas estas não têm
e são negras, em tudo abomináveis,
estertoram com inabordáveis hálitos
e vertem dos olhos hediondo licor,
o ornamento é indigno de portar-se   55
ante imagens de Deuses e em lares de homens.
A tribo deste rebanho eu nunca vi,
nem que terra se diz impune nutriz
desta gente sem depois gemer de dor.
Do porvir cuide Lóxias magniforte,   60
ele mesmo senhor deste palácio:
é médico-adivinho, intérprete de signos
e purificador de alheios palácios.   63

Or. Rei Apolo, sabes não ser injusto,   85
e se o sabes, sabe ainda não descurar,   86

σθένος δὲ ποιεῖν εὖ φερέγγυον τὸ σόν. 87
ΑΠΟΛΛΩΝ
οὗτοι προδώσω· διὰ τέλους δέ σοι φύλαξ, 64
ἐγγὺς παρεστὼς καὶ πρόσωθ᾽ ἀποστατῶν, 65
ἐχθροῖσι τοῖς σοῖς οὐ γενήσομαι πέπων.
καὶ νῦν ἁλούσας τάσδε τὰς μάργους ὁρᾷς·
ὕπνωι πεσοῦσαι δ᾽ αἱ κατάπτυστοι κόραι,
γραῖαι παλαιόπαιδες, αἷς οὐ μείγνυται
θεῶν τις οὐδ᾽ ἄνθρωπος οὐδὲ θήρ ποτε, 70
κακῶν δ᾽ ἕκατι κἀγένοντ᾽, ἐπεὶ κακὸν
σκότον νέμονται Τάρταρόν θ᾽ ὑπὸ χθονός,
μισήματ᾽ ἀνδρῶν καὶ θεῶν Ὀλυμπίων.
ὅμως δὲ φεῦγε, μηδὲ μαλθακὸς γένηι·
ἐλῶσι γάρ σε καὶ δι᾽ ἠπείρου μακρᾶς 75
†βεβῶντ᾽† ἀν᾽ αἰεὶ τὴν πλανοστιβῆ χθόνα
ὑπέρ τε πόντον καὶ περιρρύτας πόλεις.
καὶ μὴ πρόκαμνε τόνδε βουκολούμενος
πόνον· μολὼν δὲ Παλλάδος ποτὶ πτόλιν
ἵζου παλαιὸν ἄγκαθεν λαβὼν βρέτας· 80
κἀκεῖ δικαστὰς τῶνδε καὶ θελκτηρίους
μύθους ἔχοντες μηχανὰς εὑρήσομεν
ὥστ᾽ ἐς τὸ πᾶν σε τῶνδ᾽ ἀπαλλάξαι πόνων.
καὶ γὰρ κτανεῖν σ᾽ ἔπεισα μητρῶιον δέμας. 84
Απ. μέμνησο, μὴ φόβος σε νικάτω φρένας· 88
σὺ δ᾽, αὐτάδελφον αἷμα καὶ κοινοῦ πατρός,
Ἑρμῆ, φύλασσε, κάρτα δ᾽ ὢν ἐπώνυμος 90
πομπαῖος ἴσθι, τόνδε ποιμαίνων ἐμὸν
ἱκέτην — σέβει τοι Ζεὺς τόδ᾽ ἐκνόμων σέβας —
ὁρμώμενον βροτοῖσιν εὐπόμπωι τύχηι.
ΚΛΥΤΑΙΜΗΣΤΡΑΣ ΕΙΔΩΛΟΝ
εὕδοιτ᾽ ἄν. ὠή. καὶ καθευδουσῶν τί δεῖ;
ἐγὼ δ᾽ ὑφ᾽ ὑμῶν ὧδ᾽ ἀπητιμασμένη 95
ἄλλοισιν ἐν νεκροῖσιν, ὧν μὲν ἔκτανον
ὄνειδος ἐν φθιτοῖσιν οὐκ ἐκλείπεται,
αἰσχρῶς δ᾽ ἀλῶμαι. προυννέπω δ᾽ ὑμῖν ὅτι
ἔχω μεγίστην αἰτίαν κείνων ὕπο.

e tua força produzir boa garantia. 87

Ap. Não te trairei. Teu perpétuo guardião 64
postado perto e ainda que estando longe 65
para teus inimigos não me tornarei doce
e agora vês essas fúrias vencidas
de sono, abatidas abomináveis virgens
anciãs, vetustas filhas, a quem não se une
nem Deus nem homem nem fera nunca, 70
e dos males nasceram, quando habitam
malignas trevas e Tártaro subterrâneo
odiadas dos homens e dos Deuses Olímpios.
Foge, todavia, não te faças frouxo,
perseguir-te-ão ainda por muitas terras, 75
vão pelo chão pisado por tuas errâncias
além do mar e dos circunfusos países.
Não te canses de pastorear esta fadiga.
Quando chegares à cidade de Palas
suplica abraçado ao antigo ícone. 80
Lá com juízes disto e com palavras
encantatórias descobriremos meios
de livrar-te para sempre destes males,
pois eu te persuadi a matar a mãe. 84

Ap. Lembra-te, Pavor não vença teu âmago. 88
Tu, consangüíneo irmão do mesmo pai,
Hermes, sê o guardião, conforme cognome 90
sê o Guia, pastoreia este meu suplicante.
Zeus cultua este culto de proscritos
ao irem a mortais com a sorte a guiá-los.

Cl. Dormiríeis. *Oé!* E que vale quem dorme?
Eu mesma por vós tão lesada na honra 95
entre outros mortos, entre os defuntos
não cessa o vitupério dos que massacrei
e vagueio ignóbil. Proclamo-vos que
deles suporto a mais grave acusação.

παθοῦσα δ' οὕτω δεινὰ πρὸς τῶν φιλτάτων, 100
οὐδεὶς ὑπέρ μου δαιμόνων μηνίεται
κατασφαγείσης πρὸς χερῶν μητροκτόνων.
ὅρα δὲ πληγὰς τάσδε καρδίαι σέθεν.
[εὕδουσα γὰρ φρὴν ὄμμασιν λαμπρύνεται,
ἐν ἡμέραι δὲ μοῖρ' ἀπρόσκοπος βροτῶν.] 105
ἦ πολλὰ μὲν δη τῶν ἐμῶν ἐλείξατε·
χοάς τ' ἀοίνους, νηφάλια μειλίγματα,
καὶ νυκτίσεμνα δεῖπν' ἐπ' ἐσχάραι πυρὸς
ἔθυον, ὥραν οὐδενὸς κοινὴν θεῶν·
καὶ πάντα ταῦτα λὰξ ὁρῶ πατούμενα, 110
ὁ δ' ἐξαλύξας οἴχεται νεβροῦ δίκην,
καὶ ταῦτα κούφως ἐκ μέσων ἀρκυστάτων
ὤρουσεν, ὑμῖν ἐγκατιλλώψας μέγα.
ἀκούσαθ', ὡς ἔλεξα τῆς ἐμῆς περὶ
ψυχῆς· φρονήσατ' ὦ κατὰ χθονὸς θεαί· 115
ὄναρ γὰρ ὑμᾶς νῦν Κλυταιμήστρα καλῶ.
ΧΟΡΟΣ
          (μυγμός)
Κλ. μύζοιτ' ἄν· ἀνὴρ δ' οἴχεται φεύγων πρόσω·
     φίλων γάρ εἰσιν οὐ κενοὶ προσίκτορες.
Χο.   (μυγμός) 120
Κλ. ἄγαν ὑπνώσσεις, κοὐ κατοικτίζεις πάθος·
     φονεὺς δ' Ὀρέστης τῆσδε μητρὸς οἴχεται.
Χο.   (ὠγμός)
Κλ. ὤζεις, ὑπνώσσεις· οὐκ ἀναστήσηι τάχος;
     τί σοι πέπρωται πρᾶγμα πλὴν τεύχειν κακά; 125
Χο.   (ὠγμός)
Κλ. ὕπνος πόνος τε, κύριοι συνωμόται,
     δεινῆς δρακαίνης ἐξεκήραναν μένος.
Χο.   (μυγμὸς διπλοῦς ὀξύς)
     λαβὲ λαβὲ λαβὲ λαβέ· φράζου. 130
Κλ. ὄναρ διώκεις θῆρα, κλαγγαίνεις δ' ἄπερ
     κύων μέριμναν οὔποτ' ἐκλείπων φόνου.
     τί δρᾶις; ἀνίστω· μή σε νικάτω πόνος,
     μηδ' ἀγνοήσηις πῆμα μαλθαχθεῖσ' ὕπνωι.

Sofri males assim de meus próximos, 100
nenhum Nume se enraivece por mim
vítima degolada por mãos parricidas.
Olha com teu coração estas chagas:
no sono os olhos da mente se iluminam,
de dia é insondável a sorte dos mortais. 105
Muitas vezes sim lambestes as minhas
libações sem vinho, sóbrias oferendas,
e sacrifiquei solenes noturnas ceias
na lareira à hora não comum dos Deuses
e tudo isso vejo pisoteado aos pés. 110
Ele escapa e evade-se como corça
e isso de dentro da rede num leve
salto a piscar rindo de vós.
Ouvi que falei por minha alma,
sabei, ó subterrâneas Deusas, 115
num sonho Clitemnestra vos chamo.

Co. (Murmúrio)
Cl. Murmuraríeis, ele some fugindo longe,
suplicantes não são vazios de amigos.
Co. (Murmúrio) 120
Cl. Dormes demais, nem te condóis de dor
e o matador desta mãe Orestes some.
Co. (Lamúria)
Cl. Lamurias, dormes, não te erguerás logo?
Que ação te foi dada senão fazer males? 125
Co. (Lamúria)
Cl. Sono e fadiga potentes conjurados
arruinaram furor de terrível serpente.
Co. (Duplo murmúrio agudo)
Pega! Pega! Pega! Pega! Cuidado! 130
Cl. Num sonho persegues fera, ululas como
cão sem descuidar nunca do sangue
Que fazes? Ergue-te! Não te vençam fadigas,
nem ignores o mal, frouxa de sono.

ἄλγησον ἧπαρ ἐνδίκοις ὀνείδεσιν·   135
τοῖς σώφροσιν γὰρ ἀντίκεντρα γίγνεται.
σὺ δ᾽ αἱματηρὸν πνεῦμ᾽ ἐπουρίσασα τῶι,
ἀτμῶι κατισχναίνουσα, νηδύος πυρί,
ἕπου, μάραινε δευτέροις διώγμασιν.

Sofra teu fígado com justas reprimendas   135
que são como aguilhões para prudentes.
Sopra tu sobre ele sangrento vento,
resseca-o com hálito, fogo de ventre,
segue, cresta na segunda perseguição.

Χο. ἔγειρ', ἔγειρε καὶ σὺ τήνδ', ἐγὼ δὲ σέ.   140
εὕδεις; ἀνίστω, κἀπολακτίσασ' ὕπνον
ἰδώμεθ' εἴ τι τοῦδε φροιμίου ματᾶι.

ἰοὺ ἰοὺ ποπάξ· ἐπάθομεν, φίλαι —   [στρ. α
— ἦ πολλὰ δὴ παθοῦσα καὶ μάτην ἐγώ.
— ἐπάθομεν πάθος δυσαχές, ὢ πόποι,   145
ἄφερτον κακόν.
— ἐξ ἀρκύων πέπτωκεν, οἴχεται δ' ὁ θήρ.
— ὕπνωι κρατηθεῖσ' ἄγραν ὤλεσα.

ἰὼ παῖ Διός, ἐπίκλοπος πέληι,   [ἀντ. α
νέος δὲ γραίας δαίμονας καθιππάσω   150
τὸν ἱκέταν σέβων, ἄθεον ἄνδρα καὶ
τοκεῦσιν πικρόν,
τὸν μητραλοίαν δ' ἐξέκλεψας ὢν θεός.
τί τῶνδ' ἐρεῖ τις δικαίως ἔχειν;

ἐμοὶ δ' ὄνειδος ἐξ ὀνειράτων μολὸν   [στρ. β
ἔτυψεν δίκαν διφρηλάτου   156
μεσολαβεῖ κέντρωι
ὑπὸ φρένας, ὑπὸ λοβόν·
πάρεστι μαστίκτορος δαΐου δαμίου   160
βαρύ τι περίβαρυ κρύος ἔχειν·

τοιαῦτα δρῶσιν οἱ νεώτεροι θεοί,   [ἀντ. β
κρατοῦντες τὸ πᾶν δίκας πλέον.
φονολιβῆ θρόνον
περὶ πόδα, περὶ κάρα,   165
πάρεστι γᾶς τ' ὀμφαλὸν προσδρακεῖν αἱμάτων
βλοσυρὸν ἀρόμενον ἄγος ἔχειν.

PÁRODO

Co. Desperta! E tu a ela como eu a ti. 140
Dormes? Ergue-te, repele o sono,
vejamos se não é vão este prelúdio.

Ioù ioù pópax! Padecemos, amigas. EST. 1
Muitos padecimentos e em vão padeci!
Padecemos desta díssona dor, *ó pópoi!* 145
Insuportável agravo!
Escapou das redes e sumiu a caça.
Vencida pelo sono, perdi a presa.

Ió, filho de Zeus, tu és furtivo, ANT. 1
jovem atropelaste vetustos Numes 150
ao honrar o suplicante sem Deus
e amargo a seus pais,
furtaste o matricida tu que és Deus.
O que disto se dirá que é justo?

Reprimenda vinda de sonhos EST. 2
fere-me, como o cocheiro 156
de aguilhão em punho,
no íntimo, no fígado.
Pode-se ter gélido álgido arrepio 160
sob o látego letal do algoz.

Assim agem os Deuses novos ANT. 2
onipotentes além da justiça.
O trono ensangüentado
dos pés à cabeça,
pode-se ver o Umbigo da Terra 165
pegar poluência horrenda de sangue.

85

ἐφεστίωι δὲ μάντις ὢν μιάσματι   [στρ. γ
μυχὸν ἐχράνατ' αὐτόσσυτος, αὐτόκλητος,   170
παρὰ νόμον θεῶν βρότεα μὲν τίων,
παλαιγενεῖς δὲ μοίρας φθίσας,

κἄμοιγε λυπρός· καὶ τὸν οὐκ ἐκλύσεται·   [ἀντ. γ
ὑπὸ δὲ γᾶν φυγὼν οὔποτ' ἐλευθεροῦται,   175
ποτιτρόπαιος ὢν δ' ἕτερον ἐν κάραι
μιάστορ' εἶσιν οὗ πάσεται.

Adivinho, poluíste o íntimo lar,   EST. 3
compelido só por ti, convocado só por ti,   170
além da lei dos Deuses honrando mortais
e arruinando antigas partilhas.

Isso me ofende e não o livrará,   ANT. 3
nem fugidio sob a terra será livre,   175
conspurcado irá ele mesmo a outro
poluidor de quem será pasto.

Απ. ἔξω, κελεύω, τῶνδε δωμάτων τάχος
χωρεῖτ', ἀπαλλάσσεσθε μαντικῶν μυχῶν, 180
μὴ καὶ λαβοῦσα πτηνὸν ἀργηστὴν ὄφιν
χρυσηλάτου θώμιγγος ἐξορμώμενον
ἀνῆις ὑπ' ἄλγους μέλαν' ἀπ' ἀνθρώπων ἀφρόν,
ἐμοῦσα θρόμβους οὓς ἀφείλκυσας φόνου.
οὔτοι δόμοις σε τοῖσδε χρίμπτεσθαι πρέπει, 185
ἀλλ' οὗ καρανιστῆρες ὀφθαλμωρύχοι
δίκαι σφαγαί τε, σπέρματός τ' ἀποφθορᾶι
παίδων κακοῦται χλοῦνις, ἠδ' ἀκρωνία
λευσμός τε, καὶ μύζουσιν οἰκτισμὸν πολὺν
ὑπὸ ῥάχιν παγέντες. ἆρ' ἀκούετε 190
οἵας ἑορτῆς ἔστ' ἀποπτύστου θεοῖς
στέργηθρ' ἔχουσαι; πᾶς δ' ὑφηγεῖται τρόπος
μορφῆς· λέοντος ἄντρον αἱματορρόφου
οἰκεῖν τοιαύτας εἰκός, οὐ χρηστηρίοις
ἐν τοῖσδε πλησίοισι τρίβεσθαι μύσος. 195
χωρεῖτ' ἄνευ βοτῆρος αἰπολούμεναι·
ποίμνης τοιαύτης δ' οὔτις εὐφιλὴς θεῶν.
Χο. ἄναξ Ἄπολλον, ἀντάκουσον ἐν μέρει.
αὐτὸς σὺ τούτων οὐ μεταίτιος πέληι,
ἀλλ' εἰς τὸ πᾶν ἔπραξας ὢν παναίτιος. 200
Απ. πῶς δή; τοσοῦτο μῆκος ἔκτεινον λόγου.
Χο. ἔχρησας ὥστε τὸν ξένον μητροκτονεῖν;
Απ. ἔχρησα ποινὰς τοῦ πατρὸς †πέμψαι†· τί μήν;
Χο. κἄπειθ' ὑπέστης αἵματος δέκτωρ νέου;
Απ. καὶ προστραπέσθαι τούσδ' ἐπέστελλον δόμους. 205
Χο. καὶ τὰς προπομποὺς δῆτα τάσδε λοιδορεῖς;
Απ. οὐ γὰρ δόμοισι τοῖσδε πρόσφοροι μολεῖν.
Χο. ἀλλ' ἔστιν ἡμῖν τοῦτο προστεταγμένον.
Απ. τίς ἥδε τιμή; κόμπασον γέρας καλόν.

88

PRIMEIRO EPISÓDIO

Ap. Fora! Ordeno, passai já deste palácio,
afastai-vos do recesso divinatório, 180
que sob esplêndida serpente alada
vibrada de corda engastada em ouro
não soltes de dor espuma negra de homens
vomitando coalho sugado de massacre.
Não convém aproximar-te deste palácio 185
mas onde cortar cabeças, furar olhos,
imolar é justiça, e arrancando sêmen
destróem o vigor dos meninos, mutilam,
apedrejam, e gemem longo lamento
os empalados. Ó repulsivas aos Deuses, 190
ouvis em que festa vós sois gratas?
A figura mostra de toda maneira:
convém que habiteis cova de leão
sangüinário, não que nas cercanias
deste templo dissipeis poluências. 195
Afastai-vos, rebanho sem pastor,
Deus nenhum quer semelhante grei
Co. Soberano Apolo, ouve-me por tua vez,
tu mesmo não és um co-autor disso aí,
mas de todo fizeste e és de todo autor. 200
Ap. O quê? Explicita quanto disseste.
Co. Vaticinaste o hóspede matar a mãe?
Ap. Vaticinei a vingança do pai, por quê?
Co. E depois acolheste recente homicida?
Ap. Mandei-o suplicar neste palácio. 205
Co. E invectivas a estas que o seguem?
Ap. Não sois próprias a vir a este palácio.
Co. Mas isto para nós é imperativo.
Ap. Que tendes? Propalai o belo privilégio.

Χο. τοὺς μητραλοίας ἐκ δόμων ἐλαύνομεν. 210
Απ. τί γὰρ γυναικὸς ἥτις ἄνδρα νοσφίσηι;
Χο. οὐκ ἂν γένοιθ' ὅμαιμος αὐθέντης φόνος.
Απ. ἢ κάρτ' ἄτιμα καὶ παρ' οὐδὲν †ἠρκέσω†
    Ἥρας τελείας καὶ Διὸς πιστώματα·
    Κύπρις δ' ἄτιμος τῶιδ' ἀπέρριπται λόγωι, 215
    ὅθεν βροτοῖσι γίγνεται τὰ φίλτατα.
    εὐνὴ γὰρ ἀνδρὶ καὶ γυναικὶ μόρσιμος
    ὅρκου 'στὶ μείζων, τῆι δίκηι φρουρουμένη.
    εἰ τοῖσιν οὖν κτείνουσιν ἀλλήλους χαλᾶις
    τὸ μὴ τίνεσθαι μηδ' ἐποπτεύειν κότωι, 220
    οὔ φημ' Ὀρέστην ἐνδίκως σ' ἀνδρηλατεῖν.
    τὰ μὲν γὰρ οἶδα κάρτα σ' ἐνθυμουμένην,
    τὰ δ' ἐμφανῶς πράσσουσαν ἡσυχαίτερον.
    δίκας δὲ Παλλας τῶνδ' ἐποπτεύσει θεά.
Χο. τὸν ἄνδρ' ἐκεῖνον οὔ τι μὴ λείπω ποτέ. 225
Απ. σὺ δ' οὖν δίωκε καὶ πόνον πλέω τίθου.
Χο. τιμὰς σὺ μὴ σύντεμνε τὰς ἐμὰς λόγωι.
Απ. οὐδ' ἂν δεχοίμην ὥστ' ἔχειν τιμὰς σέθεν.
Χο. μέγας γὰρ ἔμπας πὰρ Διὸς θρόνοις λέγηι.
    ἐγὼ δ', ἄγει γὰρ αἷμα μητρῶιον, δίκας 230
    μέτειμι τόνδε φῶτα κἀκκυνηγέσω.
Απ. ἐγὼ δ' ἀρήξω τὸν ἱκέτην τε ῥύσομαι·
    δεινὴ γὰρ ἐν βροτοῖσι κἀν θεοῖς πέλει
    τοῦ προστροπαίου μῆνις, εἰ προδῶι σφ' ἑκών.

Ορ. ἄνασσ' Ἀθάνα, Λοξίου κελεύμασιν 235
    ἥκω· δέχου δὲ πρευμενῶς ἀλάστορα,
    οὐ προστρόπαιον οὐδ' ἀφοίβαντον χέρα,
    ἀλλ' ἀμβλὺν ἤδη προστετριμμένον τε πρὸς
    ἄλλοισιν οἴκοις καὶ πορεύμασιν βροτῶν.
    ὁμοῖα χέρσον καὶ θάλασσαν ἐκπερῶν, 240
    σώιζων ἐφετμὰς Λοξίου χρηστηρίους,
    πρόσειμι δῶμα καὶ βρέτας τὸ σόν, θεά.
    αὐτοῦ φυλάσσων ἀναμένω τέλος δίκης.

Co. Expulsamos de casa os matricidas.   210
Ap. E que é da mulher que mata o marido?
Co. Não seria homicídio consangüíneo.
Ap. Tu consideraste sem honra nem valor
o pacto de Hera Perfectiva e de Zeus.
Cípris por tua fala é rejeitada sem honra,   215
dela obtêm os mortais o maior vínculo.
O leito para o marido e mulher destinado
velado por justiça é mais que juramento.
Se toleras que cônjuges se matem
sem puni-los nem vigiá-los com ira,   220
nego que expulses Orestes com justiça.
Sei que, se neste caso te enfureces,
naquele ages com óbvia brandura.
Disto a Deusa Palas vigiará a justiça.
Co. Não largarei jamais aquele homem.   225
Ap. Persegue então e multiplica tua fadiga.
Co. Não cortes meus privilégios com palavra.
Ap. Nem aceitaria ter privilégios teus.
Co. Grande te dizes junto ao trono de Zeus.
Eu perseguirei justiça para este homem,   230
sangue materno chama e dou-lhe caça.
Ap. Eu acudirei e defenderei o suplicante.
Terrível se torna entre mortais e Deuses
a ira do suplicante se adrede o traio.

Or. Soberana Atena, por ordem de Lóxias   235
venho. Recebe propícia o perseguido
não conspurcado, nem sem pureza na mão,
mas perdida a poluência já desgastada
nas casas e caminhos de outros mortais.
Por igual transpondo terra e mar,   240
fiel ao comando oracular de Lóxias,
chego a teu templo e imagem, ó Deusa.
Aqui aguardo e espero termo de Justiça.

Χο. εἶεν· τόδ' ἐστὶ τἀνδρὸς ἐκφανὲς τέκμαρ·
ἔπου δὲ μηνυτῆρος ἀφθέγκτου φραδαῖς· 245
τετραυματισμένον γὰρ ὡς κύων νεβρὸν
πρὸς αἷμα καὶ σταλαγμὸν ἐκματεύομεν.
πολλοῖς δὲ μόχθοις ἀνδροκμῆσι φυσιᾶι
σπλάγχνον· χθονὸς γὰρ πᾶς πεποίμανται τόπος,
ὑπέρ τε πόντον ἀπτέροις ποτήμασιν 250
ἦλθον διώκουσ' οὐδὲν ὑστέρα νεώς.
καὶ νῦν ὅδ' ἐνθάδ' ἐστί που καταπτακών·
ὀσμὴ βροτείων αἱμάτων με προσγελᾶι.

ὅρα, ὅρα μάλ' αὖ·
λεύσσετε πάνται, μὴ 255
λάθηι φύγδα βὰς ματροφόνος ἀτίτας.
ὅδ' αὐτός· ἀλκὰν ἔχων
περὶ βρέτει πλεχθεὶς θεᾶς ἀμβρότου
ὑπόδικος θέλει γενέσθαι χερῶν. 260
τὸ δ' οὐ πάρεστιν. αἷμα μητρῶιον χαμαὶ
δυσαγκόμιστον, παπαῖ,
τὸ διερὸν πέδοι χύμενον οἴχεται.
ἀλλ' ἀντιδοῦναι δεῖ σ' ἀπὸ ζῶντος ῥοφεῖν
ἐρυθρὸν ἐκ μελέων πελανόν· ἀπὸ δὲ σοῦ 265
βοσκὰν φεροίμαν πώματος δυσπότου·
καὶ ζῶντά σ' ἰσχνάνασ' ἀπάξομαι κάτω,
ἀντίποιν' ὡς τίνηις ματροφόντας δύας·
ὄψηι δὲ κεἴ τις ἄλλος ἤλιτεν βροτῶν
ἢ θεὸν ἢ ξένον τιν' ἀσεβῶν 270
ἢ τοκέας φίλους,
ἔχονθ' ἕκαστον τῆς δίκης ἐπάξια.
μέγας γὰρ Ἅιδης ἐστὶν εὔθυνος βροτῶν
ἔνερθε χθονός,
δελτογράφωι δὲ πάντ' ἐπωπᾶι φρενί. 275

EPIPÁRODO

Co. Eia! Isto é claro vestígio do homem.
Segui indícios de tácita denúncia: 245
como o cão a uma corça ferida
investigamos por sangue e salpicos.
Com muitas fadigas exaustivas arfa
o peito, por toda a terra campeei,
além do mar a voar sem asas   250
persegui mais veloz que naves.
E agora ei-lo aqui algures oculto,
olor de sangue humano me sorri.

Olha, olha outra vez,
perscruta por toda parte,   255
não fuja oculto o matricida impune.
Ei-lo abrigado
abraçado à imagem da Deusa imortal
quer submeter à Justiça suas ações.   260
Não pode ser. Sangue de mãe no chão
é irreparável, ai, ai, ai,
líquido vertido na terra some.
Mas deves devolver o rubro licor
dos membros sugado de ti vivo: 265
de ti beberei não potável poção.
Dessecado vivo levar-te-ei aos ínferos
que punido cumpras penas de matricida.
Verás que se algum mortal delinqüiu
por impiedade contra Deus ou hóspede   270
ou contra os próprios pais
tem cada um o peso da Justiça.
O grande Hades é juiz dos mortais
sob a terra,
com memorioso espírito a tudo vigia.   275

Ορ. ἐγὼ διδαχθεὶς ἐν κακοῖς ἐπίσταμαι
πολλῶν τε καιροὺς καὶ λέγειν ὅπου δίκη
σιγᾶν θ' ὁμοίως· ἐν τῶιδε πράγματι
φωνεῖν ἐτάχθην πρὸς σοφοῦ διδασκάλου.
βρίζει γὰρ αἶμα καὶ μαραίνεται χερός, 280
μητροκτόνον μίασμα δ' ἔκπλυτον πέλει·
ποταίνιον γὰρ ὂν πρὸς ἑστίαι θεοῦ
Φοίβου καθαρμοῖς ἠλάθη χοιροκτόνοις.
πολὺς δέ μοι γένοιτ' ἂν ἐξ ἀρχῆς λόγος,
ὅσοις προσῆλθον ἀβλαβεῖ ξυνουσίαι. 285
[χρόνος καθαίρει πάντα γηράσκων ὁμοῦ]
καὶ νῦν ἀφ' ἁγνοῦ στόματος εὐφήμως καλῶ
χώρας ἄνασσαν τῆσδ' Ἀθηναίαν ἐμοὶ
μολεῖν ἀρωγόν· κτήσεται δ' ἄνευ δορὸς
αὐτόν τε καὶ γῆν καὶ τὸν Ἀργεῖον λεὼν 290
πιστὸν δικαίως ἐς τὸ πᾶν τε σύμμαχον.
ἀλλ' εἴτε χώρας ἐν τόποις Λιβυστικῆς,
Τρίτωνος ἀμφὶ χεῦμα γενεθλίου πόρου,
τίθησιν ὀρθὸν ἢ κατηρεφῆ πόδα
φίλοις ἀρήγουσ', εἴτε Φλεγραίαν πλάκα 295
θρασὺς ταγοῦχος ὡς ἀνὴρ ἐπισκοπεῖ,
ἔλθοι — κλύει δὲ καὶ πρόσωθεν ὂν θεός —
ὅπως γένοιτο τῶνδέ μοι λυτήριος.

SEGUNDO EPISÓDIO

Or. Eu, instruído entre males, conheço
bem cada ocasião, e quando é justo
falar e também calar. Nesta situação
o sábio mestre ordenou que eu fale.
O sangue dorme e se apaga da mão,   280
a poluência matricida agora se lavou:
no lar do Deus Febo afastaram-na
ainda fresca lustrações de sangue suíno.
Longo seria desde o princípio contar
quantos abordei com incólume contato.   285
O tempo depura tudo envelhecendo junto.
Agora com lábios puros e palavra fausta
peço a Atena soberana desta região
socorrer-me: conquistará sem lança
a mim mesmo, à terra e povo argivo,   290
fiel por justiça, para sempre aliado.
Mas se algures na região da Líbia
perto do fluxo do rio natal de Tríton
marcha ereta ou encoberta de escudo
socorrendo os seus, ou se planície de Flegra   295
observa como audaz comandante,
venha! Deus ouve ainda que longínquo.
Torne-se agora minha libertadora!

Χο. οὔτοι σ' Ἀπόλλων οὐδ' Ἀθηναίας σθένος
ῥύσαιτ' ἂν ὥστε μὴ οὐ παρημελημένον   300
ἔρρειν, τὸ χαίρειν μὴ μαθόνθ' ὅπου φρενῶν,
ἀναίματον βόσκημα δαιμόνων, σκιάν.
οὐδ' ἀντιφωνεῖς, ἀλλ' ἀποπτύεις λόγους,
ἐμοὶ τραφείς τε καὶ καθιερωμένος;
καὶ ζῶν με δαίσεις οὐδὲ πρὸς βωμῶι σφαγείς·   305
ὕμνον δ' ἀκούσηι τόνδε δέσμιον σέθεν.

ἄγε δὴ καὶ χορὸν ἄψωμεν, ἐπεὶ
μοῦσαν στυγερὰν
ἀποφαίνεσθαι δεδόκηκεν,
λέξαι τε λάχη τὰ κατ' ἀνθρώπους   310
ὡς ἐπινωμᾶι στάσις ἀμή.
εὐθυδίκαιοι δ' οἰόμεθ' εἶναι·
τὸν μὲν καθαρὰς χεῖρας προνέμοντ'
οὔτις ἐφέρπει μῆνις ἀφ' ἡμῶν,
ἀσινὴς δ' αἰῶνα διοιχνεῖ·   315
ὅστις δ' ἀλιτὼν ὥσπερ ὅδ' ἀνὴρ
χεῖρας φονίας ἐπικρύπτει,
μάρτυρες ὀρθαὶ τοῖσι θανοῦσιν
παραγιγνόμεναι πράκτορες αἵματος
αὐτῶι τελέως ἐφάνημεν.   320

μᾶτερ ἅ μ' ἔτικτες, ὦ   [στρ. α
μᾶτερ Νύξ, ἀλα-
οῖσι καὶ δεδορκόσιν
ποινάν, κλῦθ'· ὁ Λατοῦς γὰρ ἶ-
νίς μ' ἄτιμον τίθησιν
τόνδ' ἀφαιρούμενος   325

PRIMEIRO ESTÁSIMO

Co. Nem Apolo nem a poderosa Atena
te defenderá e abandonado errarás 300
sem saber ter alegria alguma no espírito,
exangue repasto de Numes e sombra.
Nem respondes e rejeitas as palavras,
vítima nutrida e consagrada a mim?
Vivo és meu pasto, não imolado em altar, 305
e ouvirás como hino este teu cadeado.

Eia! Ainda enlacemos o coro
que decidimos revelar
a nossa Musa hedionda
e como o nosso bando 310
atribui o lote a cada homem.
Cremos ser retas justiceiras:
nossa cólera não agride
quem traz mãos puras
e sem danos vive a vida. 315
Quem delinqüiu como este aqui
e esconde mãos sangrentas,
contra esse nos revelamos
testemunhas retas dos mortos
por fim punitivas do sangue. 320

Mãe, que me geraste, ó EST. 1
mãe Noite, para punir
os cegos e os que vêem,
escuta-me: o filho de Leto
faz-me sem honra nenhuma,
subtraindo-me esta lebre vítima 325

πτῶκα, ματρῶιον ἅγ-
νισμα κύριον φόνου.

ἐπὶ δὲ τῶι τεθυμένωι   [ἐφυμν. α
τόδε μέλος, παρακοπά,
παραφορὰ φρενοδαλής,   330
ὕμνος ἐξ Ἐρινύων
δέσμιος φρενῶν, ἀφόρ-
μικτος, αὐονὰ βροτοῖς.

τοῦτο γὰρ λάχος διαν-   [ἀντ. α
ταία Μοῖρ' ἐπέ-   335
κλωσεν ἐμπέδως ἔχειν,
θνατῶν τοῖσιν αὐτουργίαι
ξυμπέσωσιν μάταιοι,
τοῖς ὁμαρτεῖν ὄφρ' ἂν
γᾶν ὑπέλθηι· θανὼν δ'
οὐκ ἄγαν ἐλεύθερος.   340

ἐπὶ δὲ τῶι τεθυμένωι   [ἐφυμν. α
τόδε μέλος, παρακοπά,
παραφορὰ φρενοδαλής,
ὕμνος ἐξ Ἐρινύων
δέσμιος φρενῶν, ἀφόρ-   345
μικτος, αὐονὰ βροτοῖς.

γιγνομέναισι λάχη τάδ' ἐφ' ἁμὶν ἐκράνθη·   [στρ. β
ἀθανάτων δ' ἀπέχειν χέρας, οὐδέ τίς ἐστι   350
συνδαίτωρ μετάκοινος.
παλλεύκων δὲ πέπλων ἄκληρος ἄμοιρος ἐτύχθην
⟨   ⟩.

δωμάτων γὰρ εἱλόμαν   (ἐφυμν. β
ἀνατροπάς· ὅταν Ἄρης   355
τιθασὸς ὢν φίλον ἕληι,
ἐπὶ τόν, ὤ, διόμεναι

própria para o sacrifício
pelo massacre materno.

Sobre esta vítima   EFINO 1
este canto vertigem
desvario aturdimento   330
hino de Erínies cadeia
do espírito nenhuma lira
exaustão dos mortais.

A interveniente Parte   ANT. 1
urdiu este lote perpétuo: 335
perseguir mortais
acometidos de estultícies
perpetradas contra os seus
até que sob a terra
se vá, morto mas
não por demais livre.   340

Sobre esta vítima   EFINO 1
este canto vertigem
desvario aturdimento
hino de Erínies cadeia
do espírito nenhuma lira   345
exaustão dos mortais.

Ao nascermos este lote se fez nosso: EST. 2
não pôr a mão nos Imortais,   350
nem conviver nos banquetes comuns,
nem ter parte dos mantos todo brancos.

Escolhemos destruição   EFINO 2
de casas. Quando Ares   355
doméstico pega parente,
nós dando-lhe caça

κρατερὸν ὄνθ' ὅμως ἀμαυ-
ροῦμεν †ὑφ' αἵματος νέου†.

σπευδομένα δ' ἀφελεῖν τινα τάσδε μερίμνας   [ἀντ. β
θεῶν ἀτέλειαν ἐμαῖς μελέταις ἐπικραίνω   361
μηδ' εἰς ἄγκρισιν ἐλθεῖν.
Ζεὺς δ' αἱμοσταγὲς ἀξιόμισον ἔθνος τόδε λέσχας 365
ᾶς ἀπηξιώσατο.

δόξαι δ' ἀνδρῶν καὶ μάλ' ὑπ' αἰθέρι σεμναὶ   [στρ. γ
τακόμεναι κατὰ γᾶς μινύθουσιν ἄτιμοι
ἀμετέραις ἐφόδοις μελανείμοσιν ὀρχησ-   370
μοῖς τ' ἐπιφθόνοις ποδός·

μάλα γὰρ οὖν ἁλομένα   [ἐφυμν. γ
ἀνέκαθεν βαρυπετῆ
καταφέρω ποδὸς ἀκμάν,
σφαλερὰ καὶ τανυδρόμοις   375
κῶλα, δύσφορον ἄταν.

πίπτων δ' οὐκ οἶδεν τόδ' ὑπ' ἄφρονι λύμαι·   [ἀντ. γ
τοῖον ἐπὶ κνέφας ἀνδρὶ μύσος πεπόταται,
καὶ δνοφεράν τιν' ἀχλὺν κατὰ δώματος αὐδᾶ-
ται πολύστονος φάτις.   380

μένει γάρ· εὐμήχανοί   [στρ. δ
τε καὶ τέλειοι, κακῶν
τε μνήμονες, σεμναὶ
καὶ δυσπαρήγοροι βροτοῖς,
ἀτίετα διέπομεν λάχη   385
θεῶν διχοστατοῦντ' ἀνηλίωι λάπαι,
δυσοδοπαίπαλα δερκομένοισι
καὶ δυσομμάτοις ὁμῶς.

τίς οὖν τάδ' οὐχ ἄζεταί   [ἀντ. α
τε καὶ δέδοικεν βροτῶν,   390

100

ainda que forte o abatemos
pelo sangue recente.

Apressada em tirá-los destes cuidados   ANT. 2
diligente faço por eximir os Deuses   361
de não irem sequer ao inquérito
e Zeus repeliu de sua companhia   365
esta odiosa tribo sangrenta.

Glórias humanas soberbas sob o éter   EST. 3
sumindo sob a terra se vão sem honra
com nossa invasão de negras vestes   370
e tripúdio maligno dos pés.

Com o lesto salto   EFINO 3
do alto caindo pesado
bato com a ponta do pé
e resvalam até os mais rápidos   375
numa insuportável erronia.

Na queda não o sabe por insana ruína,   ANT. 3
tal névoa paira poluente sobre o homem,
e um lúgubre rumor anuncia
sombrias trevas dentro de casa.   380

Perpetuamente hábeis,   EST. 4
Perfectivas e lembradas
de males, venerandas,
implacáveis com mortais,
atuamos no desprezado ofício   385
isolado de Deuses na lama sem sol,
inviável e áspero aos que vêem
e aos que não vêem também.

Que mortal não teme   ANT. 4
nem venera ao ouvir   390

ἐμοῦ κλύων θεσμὸν
τὸν μοιρόκραντον ἐκ θεῶν
δοθέντα τέλεον; ἔπι δέ μοι
γέρας παλαιόν, οὐδ' ἀτιμίας κυρῶ,
καίπερ ὑπὸ χθόνα τάξιν ἔχουσα   395
καὶ δυσήλιον κνέφας.

de mim esta lei fatídica
dada pelos Deuses, perfeita?
Gozo de prístino privilégio,
não me cabe desonra nenhuma,
tenho um lugar sob a terra 395
e as trevas ermas de sol.

ΑΘΗΝΑΙΑ
πρόσωθεν ἐξήκουσα κληδόνος βοὴν
ἀπὸ Σκαμάνδρου, γῆν καταφθατουμένη,
ἣν δῆτ᾽ Ἀχαιῶν ἄκτορές τε καὶ πρόμοι,
τῶν αἰχμαλώτων χρημάτων λάχος μέγα,   400
ἔνειμαν αὐτόπρεμνον ἐς τὸ πᾶν ἐμοί,
ἐξαίρετον δώρημα Θησέως τόκοις.
ἔνθεν διώκουσ᾽ ἦλθον ἄτρυτον πόδα,
πτερῶν ἄτερ ῥοιβδοῦσα κόλπον αἰγίδος·
[πώλοις ἀκμαίοις τόνδ᾽ ἐπιζεύξασ᾽ ὄχον]   405
καινὴν δ᾽ ὁρῶσα τήνδ᾽ ὁμιλίαν χθονὸς
ταρβῶ μὲν οὐδέν, θαῦμα δ᾽ ὄμμασιν πάρα.
τίνες ποτ᾽ ἐστέ; πᾶσι δ᾽ ἐς κοινὸν λέγω,
βρέτας τε τοὐμὸν τῶιδ᾽ ἐφημένωι ξένωι
ὑμῖν θ᾽· ὁμοῖαι δ᾽ οὐδενὶ σπαρτῶν γένει,   410
οὔτ᾽ ἐν θεαῖσι πρὸς θεῶν ὁρωμέναις,
οὔτ᾽ οὖν βροτείοις ἐμφερεῖς μορφώμασιν.
λέγειν δ᾽ ἄμομφον ὄντα τὸν πέλας κακῶς,
πρόσω δικαίων ἠδ᾽ ἀποστατεῖ θέμις.
Χο. πεύσηι τὰ πάντα συντόμως, Διὸς κόρη·   415
ἡμεῖς γάρ ἐσμεν Νυκτὸς αἰανῆς τέκνα,
Ἀραὶ δ᾽ ἐν οἴκοις γῆς ὕπαι κεκλήμεθα.
Αθ. γένος μὲν οἶδα κληδόνας τ᾽ ἐπωνύμους.
Χο. τιμάς γε μὲν δὴ τὰς ἐμὰς πεύσηι τάχα.
Αθ. μάθοιμ᾽ ἄν, εἰ λέγοι τις ἐμφανῆ λόγον.   420
Χο. βροτοκτονοῦντας ἐκ δόμων ἐλαύνομεν.
Αθ. καὶ τῶι κτανόντι ποῦ τὸ τέρμα τῆς φυγῆς;
Χο. ὅπου τὸ χαίρειν μηδαμοῦ νομίζεται.
Αθ. ἦ καὶ τοιαύτας τῶιδ᾽ ἐπιρροιζεῖς φυγάς;
Χο. φονεὺς γὰρ εἶναι μητρὸς ἠξιώσατο.   425
Αθ. ἆρ᾽ ἐξ ἀνάγκης, ἤ τινος τρέων κότον;
Χο. ποῦ γὰρ τοσοῦτο κέντρον ὡς μητροκτονεῖν;

104

TERCEIRO EPISÓDIO

At. De longe ouvi a voz do clamor
no Escamandro ao apossar-me
de terras que os chefes e reis aqueus
para sempre me atribuíram inteira, 400
grande espólio conquistado por lança,
dom escolhido para os filhos de Teseu.
De lá vim com infatigável pé,
sem asas, vibrando o seio da égide,
atrelado este veículo e fortes corcéis. 405
Ao ver este bando novo na terra
não temo, meus olhos porém pasmam.
Quem sois? Falo em comum a todos,
a este forasteiro junto a meu ícone
e a vós, símeis a nenhum ser vivo 410
nem avistadas por Deuses entre Deusas
nem parecidas às formas mortais.
Mas vituperar o próximo sem motivo
afasta-se do justo e repugna à lei.
Co. Breve saberás tudo, filha de Zeus. 415
Nós somos as filhas da Noite eterna
Imprecações nas moradias subterrâneas.
At. Agora conheço estirpe e nome próprio.
Co. Logo saberás quais as minhas honras.
At. Saberia se fosse dita clara palavra. 420
Co. Expulsamos de casa os homicidas.
At. E para quem mata onde finda a fuga?
Co. Onde não se costuma nunca ter alegria.
At. Gritando pões este homem em tal fuga?
Co. Teve a ousadia de massacrar a mãe 425
At. Mas por coerção ou temor de alguém?
Co. Onde tal aguilhão que mate mãe?

Αθ. δυοῖν παρόντοιν ἥμισυς λόγου πάρα.
Χο. ἀλλ' ὅρκον οὐ δέξαιτ' ἄν, οὐ δοῦναι θέλοι.
Αθ. κλύειν δίκαιος μᾶλλον ἢ πρᾶξαι θέλεις;　　430
Χο. πῶς δή; δίδαξον· τῶν σοφῶν γὰρ οὐ πένηι.
Αθ. ὅρκοις τὰ μὴ δίκαια μὴ νικᾶν λέγω.
Χο. ἀλλ' ἐξέλεγχε, κρῖνε δ' εὐθεῖαν δίκην.
Αθ. ἦ κἀπ' ἐμοὶ τρέποιτ' ἂν αἰτίας τέλος;
Χο. πῶς δ' οὔ, σέβουσαί γ' ἄξι' ἀντ' ἐπαξίων;　　435
Αθ. τί πρὸς τάδ' εἰπεῖν, ὦ ξέν', ἐν μέρει θέλεις;
　　λέξας δὲ χώραν καὶ γένος καὶ ξυμφορὰς
　　τὰς σάς, ἔπειτα τῶνδ' ἀμυναθοῦ ψόγον,
　　εἴπερ πεποιθὼς τῆι δίκηι βρέτας τόδε
　　ἧσαι φυλάσσων ἑστίας ἐμῆς πέλας,　　440
　　σεμνὸς προσίκτωρ ἐν τρόποις Ἰξίονος.
　　τούτοις ἀμείβου πᾶσιν εὐμαθές τί μοι.
Ορ. ἄνασσ' Ἀθάνα, πρῶτον ἐκ τῶν ὑστάτων
　　τῶν σῶν ἐπῶν μέλημ' ἀφαιρήσω μέγα.
　　οὐκ εἰμὶ προστρόπαιος, οὐδ' ἔχων μύσος　　445
　　πρὸς χειρὶ τὴμῆι τὸ σὸν ἐφεζόμην βρέτας.
　　τεκμήριον δὲ τῶνδέ σοι λέξω μέγα·
　　ἄφθογγον εἶναι τὸν παλαμναῖον νόμος,
　　ἔστ' ἂν πρὸς ἀνδρὸς αἵματος καθαρσίου
　　σφαγαὶ καθαιμάξωσι νεοθήλου βοτοῦ.　　450
　　πάλαι πρὸς ἄλλοις ταῦτ' ἀφιερώμεθα
　　οἴκοισι, καὶ βοτοῖσι καὶ ῥυτοῖς πόροις.
　　ταύτην μὲν οὕτω φροντίδ' ἐκποδὼν λέγω·
　　γένος δὲ τοὐμὸν ὡς ἔχει πεύσηι τάχα.
　　Ἀργεῖός εἰμι, πατέρα δ' ἱστορεῖς καλῶς,　　455
　　Ἀγαμέμνον', ἀνδρῶν ναυβατῶν ἁρμόστορα,
　　ξὺν ὧι σὺ †Τροίαν† ἄπολιν Ἰλίου πόλιν
　　ἔθηκας. ἔφθιθ' οὗτος οὐ καλῶς, μολὼν
　　ἐς οἶκον· ἀλλά νιν κελαινόφρων ἐμὴ
　　μήτηρ κατέκτα ποικίλοις ἀγρεύμασιν　　460
　　κρύψασ', ἃ λουτρῶν ἐξεμαρτύρει φόνον.
　　κἀγὼ κατελθών, τὸν πρὸ τοῦ φεύγων χρόνον,
　　ἔκτεινα τὴν τεκοῦσαν, οὐκ ἀρνήσομαι,

106

At. Presentes os dois metade é que fala?
Co. Não aceitaria juramento, não quer fazê-lo.
At. Queres parecer justo mais do que ser? 430
Co. Como? Explica! Não sem saber és tu.
At. Com juramentos, digo, injustos não vencem.
Co. Mas submete a exame e dá reta sentença.
At. Confiaríeis a mim o termo da causa?
Co. Como não? Reverentes à mútua estima. 435
At. Que dirás disto por tua vez, forasteiro?
Fala de tua terra, estirpe e situação,
depois repele de ti esta reprimenda,
se com fé na justiça guardas este ícone
sentado perto de minha lareira, 440
suplicante venerável como Íxion.
Responde-me com clareza a tudo isso.
Or. Senhora Atena, primeiro de tuas últimas
palavras afastarei o grave cuidado:
não estou conspurcado, sem poluência 445
nas mãos sentei-me junto a teu ícone.
Disso te apresento uma grande prova.
É norma o homicida ficar sem voz
até que a degola de uma rês lactente
na lustração do sangue o ensangüente. 450
Outrora fomos consagrados, junto a outro
palácio, com reses e os fluxos fluviais.
Assim digo ser remota essa apreensão
e logo saberás qual é minha estirpe.
Sou argivo, conheces bem o meu pai 455
Agamêmnon, o comandante da esquadra,
com que fizeste sem forte o forte de Ílion.
Ele sucumbiu sem nobreza ao chegar
em casa, minha mãe de coração negro
matou-o envolto em astuto véu, 460
testemunho do massacre no banho.
Eu, antes exilado, ao regressar
matei quem me gerou, não o nego,

ἀντικτόνοις ποιναῖσι φιλτάτου πατρός.
καὶ τῶνδε κοινῆι Λοξίας μεταίτιος,   465
ἄλγη προφωνῶν ἀντίκεντρα καρδίαι,
εἰ μή τι τῶνδ' ἔρξοιμι τοὺς ἐπαιτίους.
σὺ δ' εἰ δικαίως εἴτε μὴ κρῖνον δίκην·
πράξας γὰρ ἐν σοὶ πανταχῆι τάδ' αἰνέσω.

Αθ. τὸ πρᾶγμα μεῖζον, εἴ τις οἴεται τόδε   470
βροτὸς δικάζειν· οὐδὲ μὴν ἐμοὶ θέμις
φόνου διαιρεῖν ὀξυμηνίτου δίκας,
ἄλλως τε καὶ σὺ μὲν κατηρτυκὼς †ὅμως†
ἱκέτης προσῆλθες καθαρὸς ἀβλαβὴς δόμοις,   474
αὗται δ' ἔχουσι μοῖραν οὐκ εὐπέμπελον,   476
κἂν μὴ τύχωσι πράγματος νικηφόρου,
†χῶραι† μεταῦθις ἰὸς ἐκ φρονημάτων,
πέδοι πεσὼν ἄφερτος αἰανὴς νόσος.
τοιαῦτα μὲν τάδ' ἐστίν· ἀμφότερα, μένειν   480
πέμπειν τε, †δυσπήματ' ἀμηχάνως ἐμοί†.
ἐπεὶ δὲ πρᾶγμα δεῦρ' ἐπέσκηψεν τόδε,   482
ὅμως ἀμόμφους ὄντας αἱροῦμαι πόλει   475
φόνων δικαστὰς ὁρκίων αἰδουμένους   483
θεσμόν, τὸν εἰς ἅπαντ' ἐγὼ θήσω χρόνον.
ὑμεῖς δὲ μαρτύριά τε καὶ τεκμήρια   485
καλεῖσθ' ἀρωγὰ τῆς δίκης ὀρθώματα·
κρίνασα δ' ἀστῶν τῶν ἐμῶν τὰ βέλτατα
ἥξω διαιρεῖν τοῦτο πρᾶγμ' ἐτητύμως,
ὅρκον περῶντας μηδὲν ἐκδίκοις φρεσίν.

punindo a morte do querido pai.
Co-autor disso é Lóxias, ao predizer 465
dores aguilhoantes do coração
se eu nada fizesse aos culpados.
Se agi com justiça ou não, julga-o tu.
Entregue a ti, seja como for, acatarei.

At. Se a um mortal parece esta causa grave 470
demais para julgar, nem me é lícito
dar sentença de massacre motivo de ira.
Sobretudo vieste submisso purificado
suplicante não danoso a esta casa, 474
mas elas têm sua porção implacável 476
e se não logram ter enfim vitória
vem depois o veneno caído da soberba
no chão intolerável lúgubre doença.
Tal é a situação: é difícil para mim 480
acolher ou despedir sem mover cólera.
Já que a coisa atingiu este ponto 482
escolho no país juízes de homicídio 475
irrepreensíveis reverentes ao instituto 483
juramentado que instituo para sempre.
Vós, convocai testemunhas e indícios, 485
instrumentos auxiliares da justiça.
Selectos os melhores de meus cidadãos
terei a decisão verdadeira desta causa,
sem que injustos violem juramento.

Χο. νῦν καταστροφαὶ νόμων [στρ· α
θεσμίων, εἰ κρατή- 491
σει δίκα τε καὶ βλάβα
τοῦδε ματροκτόνου·
πάντας ἤδη τόδ' ἔργον εὐχερεί-
αι συναρμόσει βροτούς· 495
πολλὰ δ' ἔτυμα παιδότρωτα
πάθεα προσμένει τοκεῦ-
σιν μεταῦθις ἐν χρόνωι.

οὐδὲ γὰρ βροτοσκόπων [ἀντ. α
μαινάδων τῶνδ' ἐφέρ- 500
ψει κότος τιν' ἐργμάτων·
πάντ' ἐφήσω μόρον.
πεύσεται δ' ἄλλος ἄλλοθεν, προφωνῶν τὰ τῶν πέλας κακά,
λῆξιν ὑπόδοσίν τε μόχθων, 505
ἄκεά τ' οὐ βέβαια τλά-
μων μάταν παρηγορεῖ.

μηδέ τις κικλησκέτω [στρ. β
ξυμφορᾶι τετυμμένος
τοῦτ ἔπος θροούμενος, 510
'ὦ Δίκα,
ὦ θρόνοι τ' Ἐρινύων'·
ταῦτά τις τάχ' ἂν πατὴρ
ἢ τεκοῦσα νεοπαθὴς.
οἶκτον οἰκτίσαιτ', ἐπει- 515
δὴ πίτνει δόμος Δίκας.

ἔσθ' ὅπου τὸ δεινὸν εὖ [ἀντ. β

110

SEGUNDO ESTÁSIMO

Co. Eis que subvertem as soentes   EST. 1
leis, ao prevalecerem   491
a justiça e o dano
deste matricida.
Já este ato conciliará todos
os mortais com a mão leve: 495
muitas dores de fato
infligidas por filhos esperam
pelos pais em tempo depois.

Nenhum rancor destas Loucas   ANT. 1
vigias de mortais   500
perseguirá algum crime,
permitirei toda morte.
Ao proclamar os males do próximo
buscará um junto ao outro
pausa e repouso de aflições;   505
e vacilantes remédios serão
a inócua medicina do mísero.

Ninguém conclame   EST. 2
ferido por infortúnio
movendo esta voz: 510
"Ó Justiça!
"Ó tronos de Erínies!"
Assim um pai ou mãe
recém-sofrido
prantearia o pranto   515
ao ruir palácio de Justiça.

Há onde o terror está bem   ANT. 2

καὶ φρενῶν ἐπίσκοπον
δεῖ μένειν καθήμενον·
ξυμφέρε 520
σωφρονεῖν ὑπὸ στένει.
τίς δὲ μηδὲν †ἐν φάει†
καρδίαν †ἀνατρέφων†
ἢ βροτὸς πόλις θ' ὁμοί-
ως ἔτ' ἄν σέβοι Δίκαν; 525

μήτ' ἄναρκτον βίον [στρ. γ
μήτε δεσποτούμενον
αἰνέσηις· παντὶ μέσωι τὸ κράτος θεὸς ὤπασεν, ἀλλ' ἄλ-
λαι δ' ἐφορεύει. 530
ξύμμετρον δ' ἔπος λέγω·
δυσσεβίας μὲν ὕβρις τέκος ὡς ἐτύμως,
ἐκ δ' ὑγιείας 535
φρενῶν ὁ πᾶσιν φίλος
καὶ πολύευκτος ὄλβος.

ἐς τὸ πᾶν σοι λέγω, [ἀντ. γ
βωμὸν αἴδεσαι Δίκας,
μηδέ νιν κέρδος ἰδὼν ἀθέωι ποδὶ λὰξ ἀτίσηις· ποι- 540
νὰ γὰρ ἐπέσται.
κύριον μένει τέλος.
πρὸς τάδε τις τοκέων σέβας εὖ προτίων 545
καὶ ξενοτίμους
ἐπιστροφὰς δωμάτων
αἰδόμενός τις ἔστω.

ἐκ τῶνδ' ἀνάγκας ἄτερ δίκαιος ὢν [στρ. δ
οὐκ ἄνολβος ἔσται, 551
πανώλεθρος δ' οὔποτ' ἂν γένοιτο.
τὸν ἀντίτολμον δέ φαμι παρβάδαν
ἄγοντα πολλὰ παντόφυρτ' ἄνευ δίκας
βιαίως ξὺν χρόνωι καθήσειν 555

112

e vigia de pensamentos
deve permanecer sentado:
é proveitoso 520
ser prudente por coerção.
Que mortal ou cidade
sem nutrir de temor o coração
ainda veneraria
do mesmo modo a Justiça? 525

Nem desgoverno EST. 3
nem despotismo
louves. Deus deu vitória em tudo
ao do meio e vê um por outro. 530
Digo apta palavra:
a soberba de fato é filha da impiedade;
filha dos pensamentos sãos 535
é a querida de todos
e solicitada prosperidade.

Sempre te digo: ANT. 3
respeita o altar de Justiça,
de olho no lucro não pises com ímpio pé 540
que a punição virá.
Soberano termo espera.
Honrem-se os venerandos pais. 545
sejam respeitados
os aposentos da casa
com a honra aos hóspedes.

Quem desse modo sem coerção for justo EST. 4
não será sem prosperidade 551
e nunca poderia de todo perder-se.
Afirmo: o temerário transgressor,
ao levar sem justiça diversos bens,
por violência com o tempo recolherá 555

λαῖφος, ὅταν λάβηι πόνος
θραυομένας κεραίας.

καλεῖ δ' ἀκούοντας οὐδὲν ἐν μέσαι   (ἀντ. δ
δυσπαλεῖ τε δίναι·
γελᾶι δὲ δαίμων ἐπ' ἀνδρι θερμῶι,   560
τὸν οὔποτ' αὐχοῦντ' ἰδὼν ἀμηχάνοις
δύαις λαπαδνὸν οὐδ' ὑπερθέοντ' ἄκραν.
δι' αἰῶνος δὲ τὸν πρὶν ὄλβον
ἕρματι προσβαλὼν Δίκας
ὤλετ' ἄκλαυτος ἄιστος.   565

vela, quando aflição agarrá-lo,
quebrado o mastro.

Ele clama e não é ouvido ANT. 4
no inelutável torvelino.
O Nume sorri do homem audaz 560
ao vê-lo sem alarde na impossível
miséria exausto sem vencer o mar.
Lançando a antiga prosperidade
contra o escolho da Justiça
ignorado se vai sem pranto. 565

Αθ. κήρυσσέ, κῆρυξ, καὶ στρατὸν κατειργαθοῦ,
εἰς οὐρανὸν δὲ διάτορος Τυρσηνικὴ
σάλπιγξ βροτείου πνεύματος πληρουμένη
ὑπέρτονον γήρυμα φαινέτω στρατῶι.
πληρουμένου γὰρ τοῦδε βουλευτηρίου   570
σιγᾶν ἀρήγει καὶ μαθεῖν θεσμοὺς ἐμοὺς
πόλιν τε πᾶσαν εἰς τὸν αἰανῆ χρόνον
καὶ τούσδ᾽, ὅπως ἂν εὖ καταγνωσθῆι δίκη. —
ἄναξ Ἄπολλον, ὧν ἔχεις αὐτὸς κράτει.
τί τοῦδέ σοι μέτεστι πράγματος; λέγε.   575
Απ. καὶ μαρτυρήσων ἦλθον — ἔστι γὰρ νόμωι
ἱκέτης ὅδ᾽ ἀνὴρ καὶ δόμων ἐφέστιος
ἐμῶν, φόνου δὲ τῶιδ᾽ ἐγὼ καθάρσιος —
καὶ ξυνδικήσων αὐτός· αἰτίαν δ᾽ ἔχω
τῆς τοῦδε μητρὸς τοῦ φόνου. σὺ δ᾽ εἴσαγε   580
ὅπως τ᾽ ἐπίσται τήνδε κύρωσον δίκην.
Αθ. ὑμῶν ὁ μῦθος, εἰσάγω δὲ τὴν δίκην.
ὁ γὰρ διώκων πρότερος ἐξ ἀρχῆς λέγων
γένοιτ᾽ ἂν ὀρθῶς πράγματος διδάσκαλος.
Χο. πολλαὶ μέν ἐσμεν, λέξομεν δὲ συντόμως·   585
ἔπος δ᾽ ἀμείβου πρὸς ἔπος ἐν μέρει τιθείς.
τὴν μητέρ᾽ εἰπὲ πρῶτον εἰ κατέκτονας.
Ορ. ἔκτεινα, τούτου δ᾽ οὔτις ἄρνησις πέλει.
Χο. ἓν μὲν τόδ᾽ ἤδη τῶν τριῶν παλαισμάτων.
Ορ. οὐ κειμένωι πω τόνδε κομπάζεις λόγον.   590
Χο. εἰπεῖν γε μέντοι δεῖ σ᾽ ὅπως κατέκτανες.
Ορ. λέγω· ξιφουλκῶι †χειρὶ πρὸς† δέρην τεμών.
Χο. πρὸς τοῦ δὲ πεισθεὶς καὶ τίνος βουλεύμασιν;
Ορ. τοῖς τοῦδε θεσφάτοισι· μαρτυρεῖ δέ μοι.
Χο. ὁ μάντις ἐξηγεῖτό σοι μητροκτονεῖν;   595
Ορ. καὶ δεῦρό γ᾽ ἀεὶ τὴν τύχην οὐ μέμφομαι.

116

QUARTO EPISÓDIO

At. Arauto, conclama e contém a multidão;
que a penetrante trombeta tirrena
insuflada pelo sopro de um mortal
mostre a veemente voz à multidão.
Sendo convocado este conselho,   570
cabe o silêncio, e que toda a cidade
aprenda para sempre minhas leis,
e estes, como decidir a sentença.
Soberano Apolo, impera onde podes.
Diz o que nesta questão te concerne.   575

Ap. Vim para ser testemunha: ele por lei
é suplicante e hóspede em meu palácio,
a purificação eu lhe fiz do massacre.
Vim para defender, sou responsável
pelo massacre de sua mãe. Dá início   580
e, como conheces, conduz o processo.

At. Vossa é a palavra. Inicio o processo.
O acusador primeiro desde o princípio
poderia instruir de verdade a questão.

Co. Somos muitas, mas falaremos curto   585
responde fala por fala por tua vez.
Diz primeiro se és matador da mãe.

Or. Matei. Não é possível negar isso.

Co. Eis já ganho um dos três assaltos.

Or. Vanglorias quando ainda não caí.   590

Co. Deves dizer todavia como mataste.

Or. Com espada na mão cortei o pescoço.

Co. Quem persuadiu? Quem aconselhou?

Or. Os oráculos deste. Ele me testemunha.

Co. O adivinho te explicou que mate a mãe?   595

Or. E até aqui não lamento a sorte.

Χο. ἀλλ' εἴ σε μάρψει ψῆφος, ἀλλ' ἐρεῖς τάχα.
Ορ. πέποιθ'· ἀρωγὰς δ' ἐκ τάφου πέμψει πατήρ.
Χο. νεκροῖσί νυν πέπισθι, μητέρα κτανών.
Ορ. δυοῖν γὰρ εἶχε προσβολὰς μιασμάτοιν. 600
Χο. πῶς δή; δίδαξον τοὺς δικάζοντας τάδε.
Ορ. ἀνδροκτονοῦσα πατέρ' ἐμὸν κατέκτανεν.
Χο. τί γάρ; σὺ μὲν ζῆις, ἡ δ' ἐλευθέρα φόνωι.
Ορ. τί δ' οὐκ ἐκείνην ζῶσαν ἤλαυνες φυγῆι;
Χο. οὐκ ἦν ὅμαιμος φωτὸς ὃν κατέκτανεν. 605
Ορ. ἐγὼ δὲ μητρὸς τῆς ἐμῆς ἐν αἵματι;
Χο. πῶς γάρ σ' ἔθρεψεν ἐντός, ὦ μιαιφόνε,
ζώνης; ἀπεύχηι μητρὸς αἷμα φίλτατον;
Ορ. ἤδη σὺ μαρτύρησον, ἐξηγοῦ δέ μοι,
Ἄπολλον, εἴ σφε σὺν δίκηι κατέκτανον. 610
δρᾶσαι γάρ, ὥσπερ ἐστίν, οὐκ ἀρνούμεθα·
ἀλλ' εἰ δικαίως εἴτε μὴ τῆι σῆι φρενὶ
δοκῶ, τόδ' αἷμα κρῖνον, ὡς τούτοις φράσω.
Απ. λέξω πρὸς ὑμᾶς, τόνδ' Ἀθηναίας μέγαν
θεσμόν, 'δικαίως', μάντις ὢν δ' οὐ ψεύσομαι. 615
οὐπώποτ' εἶπον μαντικοῖσιν ἐν θρόνοις,
οὐκ ἀνδρός, οὐ γυναικός, οὐ πόλεως πέρι,
ὃ μὴ 'κέλευσε Ζεὺς Ὀλυμπίων πατήρ.
τὸ μὲν δίκαιον τοῦθ' ὅσον σθένει μαθεῖν,
βουλῆι πιφαύσκω δ' ὕμμ' ἐπισπέσθαι πατρός. 620
ὅρκος γὰρ οὔτι Ζηνὸς ἰσχύει πλέον.
Χο. Ζεύς, ὡς λέγεις σύ, τόνδε χρησμὸν ὤπασε
φράζειν Ὀρέστηι τῶιδέ, τὸν πατρὸς φόνον
πράξαντα μητρὸς μηδαμοῦ τιμὰς νέμειν;
Απ. οὐ γάρ τι ταὐτόν, ἄνδρα γενναῖον θανεῖν 625
διοσδότοις σκήπτροισι τιμαλφούμενον,
καὶ ταῦτα πρὸς γυναικός, οὔτι θουρίοις
τόξοις ἑκηβόλοισιν ὥστ' Ἀμαζόνος,
ἀλλ' ὡς ἀκούσηι, Παλλάς, οἵ τ' ἐφήμενοι
ψήφωι διαιρεῖν τοῦδε πράγματος πέρι. 630
ἀπὸ στρατείας γάρ νιν, ἠμποληκότα
τὰ πλεῖστ' ἄμεινον, εὔφροσιν δεδεγμένη

118

Co. Se o voto te pegar, dirás diferente.
Or. Confio. E da tumba o pai auxiliará.
Co. Confia nos mortos, matador da mãe!
Or. Ela era tocada de dupla poluição.   600
Co. Como assim? Explica-o aos juízes.
Or. Matando o marido matou meu pai.
Co. Quê? Tu vives, ela pagou com a morte.
Or. Por que não a perseguiste em vida?
Co. Não era consangüínea de quem matou   605
Or. E eu sou do sangue de minha mãe?
Co. Como te nutriu no ventre, ó cruento?
Repeles o sangue materno querido?
Or. Dá testemunho já e explica-me,
Apolo, se com justiça a matei.   610
Não negamos que fiz tal como é,
mas se te parece com justiça ou não,
julga esta morte para eu lhes dizer.
Ap. Ante vós, grande tribunal de Atena,
digo-o justo. Adivinho, não mentirei.   615
No trono divinatório, nunca disse
de homem, de mulher ou de cidade
senão ordem de Zeus Pai dos Olímpios.
Sabei quão forte é esta justiça; digo-vos
que sigais junto o conselho do Pai,   620
pois juramento não pode mais que Zeus.
Co. Zeus, como dizes, deu este oráculo
prescrevendo a Orestes vingar o pai
sem ter em conta a honra à mãe?
Ap. Não é o mesmo: o varão nobre ser morto,   625
honrado com cetro outorgado por Zeus,
e morto por mulher, não com furioso
arco longemitente como de Amazona,
mas como ouvirás, Palas, e vós ao lado
que no voto decidireis esta questão.   630
Na guerra o mais das vezes prosperou
e na volta ela o recebeu com benévolas

λόγοις, παρέστη θέρμ' ἐν ἀργυρηλάτωι   632a
δροίτηι περῶντι λουτρά, κἀπὶ τέρματι
φᾶρος περεσκήνωσεν, ἐν δ' ἀτέρμονι
κόπτει πεδήσασ' ἄνδρα δαιδάλωι πέπλωι.   635
ἀνδρὸς μὲν ὑμῖν οὗτος εἴρηται μόρος
τοῦ παντοσέμνου, τοῦ στρατηλάτου νεῶν·
ταύτην τοιαύτην εἶπον, ὡς δηχθῆι λεώς,
ὅσπερ τέτακται τήνδε κυρῶσαι δίκην.

Χο. πατρὸς προτιμᾶι Ζεὺς μόρον τῶι σῶι λόγωι·   640
αὐτὸς δ' ἔδησε πατέρα πρεσβύτην Κρόνον.
πῶς ταῦτα τούτοις οὐκ ἐναντίως λέγεις;
ὑμᾶς δ' ἀκούειν ταῦτ' ἐγὼ μαρτύρομαι.

Απ. ὦ παντομισῆ κνώδαλα, στύγη θεῶν,
πέδας μὲν ἂν λύσειεν· ἔστι τοῦδ' ἄκος   645
καὶ κάρτα πολλὴ μηχανὴ λυτήριος·
ἀνδρὸς δ' ἐπειδὰν αἷμα ἀνασπάσηι κόνις
ἅπαξ θανόντος, οὔτις ἔστ' ἀνάστασις.
τούτων ἐπωιδὰς οὐκ ἐποίησεν πατὴρ
οὑμός, τὰ δ' ἄλλα πάντ' ἄνω τε καὶ κάτω   650
στρέφων τίθησιν οὐδὲν ἀσθμαίνων μένει.

Χο. πῶς γὰρ τὸ φεύγειν τοῦδ' ὑπερδικεῖς ὅρα·
τὸ μητρὸς αἷμα ὅμαιμον ἐκχέας πέδοι
ἔπειτ' ἐν Ἄργει δώματ' οἰκήσει πατρός;
ποίοισι βωμοῖς χρώμενος τοῖς δημίοις;   655
ποία δὲ χέρνιψ φρατέρων προσδέξεται;

Απ. καὶ τοῦτο λέξω, καὶ μάθ' ὡς ὀρθῶς ἐρῶ·
οὐκ ἔστι μήτηρ ἡ κεκλημένη τέκνου
τοκεύς, τροφὸς δὲ κύματος νεοσπόρου·
τίκτει δ' ὁ θρώισκων, ἡ δ' ἅπερ ξένωι ξένη   660
ἔσωσεν ἔρνος, οἷσι μὴ βλάψηι θεός.
τεκμήριον δὲ τοῦδέ σοι δείξω λόγου·
πατὴρ μὲν ἂν γείναιτ' ἄνευ μητρός· πέλας
μάρτυς πάρεστι παῖς Ὀλυμπίου Διὸς
οὐδ' ἐν σκότοισι νηδύος τεθραμμένη,   665
ἀλλ' οἷον ἔρνος οὔτις ἂν τέκοι θεά.
ἐγὼ δέ, Παλλάς, τἆλλα θ' ὡς ἐπίσταμαι

palavras, ofereceu banhos quentes 633a
em banheira de prata, e ao terminar
recobriu-o com manto e no intérmino
árduo manto prende e golpeia o varão. 635
Esta morte vos é contada do varão
venerado por todos, chefe da armada.
Tal foi minha fala para que morda
os varões dispostos a dar a sentença.

Co. Dizes que Zeus honra o lote do pai, 640
mas ele prendeu o velho pai Crono.
Como isto não contradiz o que falas?
Invoco vosso testemunho do que ouvis.

Ap. Feras odiosas a todos, horror dos Deuses,
cadeias se soltariam, isso tem remédio 645
e muitos são os meios da libertação.
Mas quando o pó bebe sangue de homem,
uma vez morto, não há ressurreição.
Para isso meu pai não fez encantações
tudo o mais para cima e para baixo 650
ele revira, e sem ofegar faz como quer.

Co. Vê como defendes que o deixem solto:
verteu no chão o sangue mesmo da mãe
e em Argos possuirá o palácio paterno?
Que altares públicos poderá usar? 655
Que água lustral receberá da fratria?

Ap. Isso direi e sabe que direi verdade.
Não é a denominada mãe quem gera
o filho, nutriz de recém-semeado feto.
Gera-o quem cobre. Ela hóspeda conserva 660
o gérmen hóspede, se Deus não impede.
Eu te darei uma prova desta palavra:
o pai poderia gerar sem mãe, eis
por testemunha a filha de Zeus Olímpio,
não nutrida nas trevas do ventre, 665
gérmen que nenhuma Deusa geraria.
Palas, eu, quanto ao mais, como sei,

τὸ σὸν πόλισμα καὶ στρατὸν τεύξω μέγαν,
καὶ τόνδ' ἔπεμψα σῶν δόμων ἐφέστιον,
ὅπως γένοιτο πιστὸς ἐς τὸ πᾶν χρόνου, 670
καὶ τόνδ' ἐπικτήσαιο σύμμαχον, θεά,
καὶ τοὺς ἔπειτα, καὶ τάδ' αἰανῶς μένοι
στέργειν τὰ πιστὰ τῶνδε τοὺς ἐπισπόρους.
Αθ. ἤδη κελεύω τούσδ' ἀπὸ γνώμης φέρειν
ψῆφον δικαίας, ὡς ἅλις λελεγμένων; 675
Απ. ἡμῖν μὲν ἤδη πᾶν τετόξευται βέλος·
μένω δ' ἀκοῦσαι πῶς ἀγὼν κριθήσεται.
Αθ. τί γάρ; πρὸς ὑμῶν πῶς τιθεῖσ' ἄμομφος ὧ;
Χο. ἠκούσαθ' ὧν ἠκούσατ', ἐν δὲ καρδίαι
ψῆφον φέροντες ὅρκον αἰδεῖσθε, ξένοι. 680
Αθ. κλύοιτ' ἂν ἤδη θεσμόν, Ἀττικὸς λεώς,
πρώτας δίκας κρίνοντες αἵματος χυτοῦ.
ἔσται δὲ καὶ τὸ λοιπὸν Αἰγέως στρατῶι
αἰεὶ δικαστῶν τοῦτο βουλευτήριον.
πάγον δ' †Ἄρειον† τόνδ', Ἀμαζόνων ἔδραν 685
σκηνάς θ', ὅτ' ἦλθον Θησέως κατὰ φθόνον
στρατηλατοῦσαι, καὶ πόλει νεόπτολιν
τήνδ' ὑψίπυργον ἀντεπύργωσαν τότε,
Ἄρει δ' ἔθυον, ἔνθεν ἔστ' ἐπώνυμος
πέτρα πάγος τ' Ἄρειος· ἐν δὲ τῶι σέβας 690
ἀστῶν φόβος τε ξυγγενὴς τὸ μὴ ἀδικεῖν
σχήσει τό τ' ἦμαρ καὶ κατ' εὐφρόνην ὁμῶς,
αὐτῶν πολιτῶν μὴ 'πικαινούντων νόμους·
κακαῖς ἐπιρροαῖσι βορβόρωι θ' ὕδωρ
λαμπρὸν μιαίνων οὔποθ' εὑρήσεις ποτόν. 695
τὸ μήτ' ἄναρχον μήτε δεσποτούμενον
ἀστοῖς περιστέλλουσι βουλεύω σέβειν
καὶ μὴ τὸ δεινὸν πᾶν πόλεως ἔξω βαλεῖν·
τίς γὰρ δεδοικὼς μηδὲν ἔνδικος βροτῶν;
τοιόνδε τοι ταρβοῦντες ἐνδίκως σέβας 700
ἔρυμά τε χώρας καὶ πόλεως σωτήριον
ἔχοιτ' ἂν οἷον οὔτις ἀνθρώπων ἔχει,
οὔτ' ἐν Σκύθησιν οὔτε Πέλοπος ἐν τόποις.

farei grande tua cidade e teu povo.
Enviei este suplicante a teu palácio
para que fosse fiel por todo o tempo, 670
e tivesses por aliado a ele e seus pósteros,
ó Deusa, e isto valesse para sempre,
contentes com o pacto os semeados destes.
At. Ordeno-lhes que com justa sentença
dêem o voto, bastando o já debatido? 675
Ap. Por nós, toda flecha já está disparada.
Espero ouvir que decisão a causa terá.
At. Então, que fazer sem que vós reproveis?
Co. Ouvistes o que ouvistes; em vosso coração
respeitai juramento e votai, hóspedes meus. 680
At. Escutai o que instituo, povo da Ática,
quando primeiro julgais sangue vertido.
O povo de Egeu terá no porvir doravante
e ainda sempre este conselho de juízes.
Assenta-se neste penedo, base e campo 685
de amazonas, quando por ódio a Teseu
guerrearam e ergueram nova cidade
de altos muros contra nossa cidade,
e sacrificavam a Ares, donde o nome
pedra e penedo de Ares. Aqui Reverência 690
e congênere Pavor dos cidadãos coibirão
a injustiça dia e noite do mesmo modo,
se os cidadãos mesmos não inovam as leis.
Quem poluir a fonte límpida com maus
afluxos e lama, não terá donde beber. 695
Aconselho aos cidadãos não cultuar
nem desgoverno nem despotismo;
nem de todo banir da cidade o terror.
Que mortal é justo, se não tem medo?
Se com justiça temêsseis tal reverência, 700
teríeis defesa da terra e salvação do país
como ninguém dentre os homens a tem,
nem entre os citas, nem no Peloponeso.

κερδῶν ἄθικτον τοῦτο βουλευτήριον,
αἰδοῖον, ὀξύθυμον, εὑδόντων ὕπερ 705
ἐγρηγορὸς φρούρημα γῆς καθίσταμαι.
ταύτην μὲν ἐξέτειν' ἐμοῖς παραίνεσιν
ἀστοῖσιν ἐς τὸ λοιπόν· ὀρθοῦσθαι δὲ χρὴ
καὶ ψῆφον αἴρειν καὶ διαγνῶναι δίκην
αἰδουμένους τὸν ὅρκον. εἴρηται λόγος. 710
Χο. καὶ μὴν βαρεῖαν τήνδ' ὁμιλίαν χθονὸς
ξύμβουλός εἰμι μηδαμῶς ἀτιμάσαι.
Απ. κἄγωγε χρησμοὺς τοὺς ἐμούς τε καὶ Διὸς
ταρβεῖν κελεύω μηδ' ἀκαρπώτους κτίσαι.
Χο. ἀλλ' αἱματηρὰ πράγματ' οὐ λαχὼν σέβεις, 715
μαντεῖα δ' οὐκέθ' ἁγνὰ μαντεύσηι νέμων.
Απ. ἦ καὶ πατήρ τι σφάλλεται βουλευμάτων
πρωτοκτόνοισι προστροπαῖς Ἰξίονος;
Χο. λέγεις· ἐγὼ δὲ μὴ τυχοῦσα τῆς δίκης
βαρεῖα χώραι τῆιδ' ὁμιλήσω πάλιν. 720
Απ. ἀλλ' ἔν τε τοῖς νέοισι καὶ παλαιτέροις
θεοῖς ἄτιμος εἶ σύ· νικήσω δ' ἐγώ.
Χο. τοιαῦτ' ἔδρασας καὶ Φέρητος ἐν δόμοις·
Μοίρας ἔπεισας ἀφθίτους θεῖναι βροτούς.
Απ. οὔκουν δίκαιον τὸν σέβοντ' εὐεργετεῖν, 725
ἄλλως τε πάντως χὥτε δεόμενος τύχοι;
Χο. σύ τοι παλαιὰς δαιμονὰς καταφθίσας
οἴνωι παρηπάτησας ἀρχαίας θεάς.
Απ. σύ τοι τάχ' οὐκ ἔχουσα τῆς δίκης τέλος
ἐμῆι τὸν ἰὸν οὐδὲν ἐχθροῖσιν βαρύν. 730
Χο. ἐπεὶ καθιππάζηι με πρεσβῦτιν νέος,
δίκης γενέσθαι τῆσδ' ἐπήκοος μένω,
ὡς ἀμφίβουλος οὖσα θυμοῦσθαι πόλει.
Αθ. ἐμὸν τόδ' ἔργον, λοισθίαν κρῖναι δίκην·
ψῆφον δ' Ὀρέστηι τήνδ' ἐγὼ προσθήσομαι. 735
μήτηρ γὰρ οὔτις ἐστὶν ἥ μ' ἐγείνατο,
τὸ δ' ἄρσεν αἰνῶ πάντα, πλὴν γάμου τυχεῖν,
ἅπαντι θυμῶι, κάρτα δ' εἰμὶ τοῦ πατρός.

Instituo este conselho intangível
ao lucro, venerável, severo, vigilante   705
atalaia dos que dormem na terra.
Estendo esta exortação aos meus
cidadãos do porvir. Deveis erguer-vos,
levar o voto e decidir a sentença,
respeitado o juramento. Tenho dito.   710

Co. Aconselho-vos não desprezar nunca
esta companhia pesada para o solo.

Ap. E eu vos ordeno: temei oráculos meus
e de Zeus, não os torneis sem fruto.

Co. Veneras o sangüinário, não é teu lote;   715
não darás mais oráculos puros em teu lar.

Ap. Também o Pai falha ao tomar decisão
na súplica do primeiro matador Íxion?

Co. Dizes. Mas se eu não obtiver justiça
farei pesada companhia a esta terra.   720

Ap. Entre novos e entre antigos Deuses
tu és desprezada. Eu terei a vitória.

Co. Assim, no palácio de Feres, persuadiste
Porções a tornarem os mortais imortais.

Ap. Não é justo beneficiar o devotado,   725
ainda mais ao se encontrar carente?

Co. Tu destruíste antigas atribuições,
ludibriaste com vinho velhas Deusas.

Ap. Tu logo terás perdido este processo,
vomitarás veneno inócuo aos inimigos.   730

Co. Quando tu novo me atropelas velha,
espero vir a conhecer esta sentença,
ponderando a cólera contra o país.

At. Eis minha função, decidir por último.
Depositarei este voto a favor de Orestes.   735
Não há mãe nenhuma que me gerou.
Em tudo, fora núpcias, apóio o macho
com todo ardor, e sou muito do Pai.

125

οὕτω γυναικὸς οὐ προτιμήσω μόρον
ἄνδρα κτανούσης δωμάτων ἐπίσκοπον. 740
νικᾶι δ' Ὀρέστης, κἂν ἰσόψηφος κριθῆι.
ἐκβάλλεθ' ὡς τάχιστα τευχέων πάλους,
ὅσοις δικαστῶν τοῦτ' ἐπέσταλται τέλος.
Ορ. ὦ Φοῖβ' Ἄπολλον, πῶς ἀγὼν κριθήσεται;
Χο. ὦ Νύξ, μέλαινα μῆτερ, ἆρ' ὁρᾶις τάδε; 745
Ορ. νῦν ἀγχόνης μοι τέρματ', ἢ φάος βλέπειν.
Χο. ἡμῖν γὰρ ἔρρειν, ἢ πρόσω τιμὰς νέμειν.
Απ. πεμπάζετ' ὀρθῶς ἐκβολὰς ψήφων, ξένοι,
τὸ μὴ ἀδικεῖν σέβοντες ἐν διαιρέσει.
γνώμης δ' ἀπούσης πῆμα γίγνεται μέγα, 750
†βαλοῦσα† δ' οἶκον ψῆφος ὤρθωσεν μία.
Αθ. ἀνὴρ ὅδ' ἐκπέφευγεν αἵματος δίκην·
ἴσον γάρ ἐστι τἀρίθμημα τῶν πάλων.
Ορ. ὦ Παλλάς, ὦ σώσασα τοὺς ἐμοὺς δόμους,
γαίας πατρώιας ἐστερημένον σύ τοι 755
κατώικισάς με. καί τις Ἑλλήνων ἐρεῖ
'Ἀργεῖος ἀνὴρ αὖθις, ἔν τε χρήμασιν
οἰκεῖ πατρώιοις, Παλλάδος καὶ Λοξίου
ἕκατι καὶ τοῦ πάντα κραίνοντος τρίτου
Σωτῆρος'· ὃς πατρῶιον αἰδεσθεὶς μόρον 760
σώιζει με, μητρὸς τάσδε συνδίκους ὁρῶν.
ἐγὼ δὲ χώραι τῆιδε καὶ τῶι σῶι στρατῶι
τὸ λοιπὸν εἰς ἅπαντα πλειστήρη χρόνον
ὁρκωμοτήσας νῦν ἄπειμι πρὸς δόμους,
μή τοί τιν' ἄνδρα δεῦρο πρυμνήτην χθονὸς 765
ἐλθόντ' ἐποίσειν εὖ κεκασμένον δόρυ.
αὐτοὶ γὰρ ἡμεῖς ὄντες ἐν τάφοις τότε
τοῖς τἀμὰ παρβαίνουσι νῦν ὀρκώματα
ἀμηχάνοισι πράξομεν δυσπραξίαις,
ὁδοὺς ἀθύμους καὶ παρόρνιθας πόρους 770
τιθέντες, ὡς αὐτοῖσι μεταμέλῃ πόνος·
ὀρθουμένων δὲ καὶ πόλιν τὴν Παλλάδος
τιμῶσιν ἀεὶ τήνδε συμμάχωι δορὶ

Assim não honro o lote de mulher
que mata homem guardião da casa. 740
Vence Orestes, ainda que empate.
Retirai rápido os votos das urnas,
ó vós juízes a quem cabe este ofício.

Or. Ó Febo Apolo, qual será a sentença?
Co. Ó Noite, negra mãe, estás vendo isto? 745
Or. Agora tenho fim na forca, ou ver a luz?
Co. Toca-nos perecer ou usufruir honras?
Ap. Contai os votos tombados, ó estrangeiros,
bem a não errar, cuidosos no escrutínio.
Ausente juízo, a calamidade é grande; 750
lançado, um só voto levanta a casa.
At. Este homem está livre da acusação
de homicídio, deu empate nos votos.
Or. Ó Palas, ó salvadora de meu palácio,
tu me reintegraste à terra pátria, 755
quando banido. Entre os gregos se dirá:
"Este argivo retoma posse dos bens
"paternos, graças a Palas e a Lóxias
"e ao onipotente terceiro Salvador."
Ele, com reverência ao lote paterno, 760
salva-me ao ver as justiceiras da mãe.
Eu agora tomarei o caminho de casa
após jurar a este país e a seu povo
que por todo o longo tempo a vir
nenhum timoneiro de minha terra 765
trará aqui a bem instruída lança.
Nós mesmos, estando já no túmulo,
oporemos insuperáveis infortúnios
aos transgressores do nosso juramento:
desanimada marcha, infaustos passos 770
para que se arrependam da fadiga.
De pé o jurado à cidade de Palas,
nós seríamos deveras benevolentes

αὐτοῖς ἂν ἡμεῖς εἶμεν εὐμενέστεροι.
καὶ χαῖρε καὶ σὺ καὶ πολισσοῦχος λεώς· 775
πάλαισμ' ἄφυκτον τοῖς ἐναντίοις ἔχοις,
σωτήριόν τε καὶ δορὸς νικηφόρον.

aos que honram esta lança aliada.
Adeus a ti e ao povo da cidade, 775
siga sem fuga para os inimigos
a tua luta salvadora e vitoriosa.

Χο. ἰὼ θεοὶ νεώτεροι, παλαιοὺς νόμους [στρ. α
καθιππάσασθε κἀκ χερῶν εἵλεσθέ μου·
ἐγὼ δ᾽ ἄτιμος ἁ τάλαινα βαρύκοτος 780
ἐν γᾶι τᾶιδέ, φεῦ,
ἰὸν ἰὸν ἀντιπεν-
θῆ μεθεῖσα καρδίας
σταλαγμὸν χθονὶ
ἄφορον, ἐκ δὲ τοῦ
λειχὴν ἄφυλλος ἄτεκνος — ὦ Δίκα Δίκα — 785
πέδον ἐπισύμενος
βροτοφθόρους κηλῖδας ἐν χώραι βαλεῖ.
στενάζω· τί ῥέξω;
γελῶμαι· δύσοιστ᾽ ἐν
πολίταις ἔπαθον. 790
ἰὼ †μεγάλα τοι κόραι† δυστυχεῖς
Νυκτὸς ἀτιμοπενθεῖς.
Αθ. ἐμοὶ πίθεσθε μὴ βαρυστόνως φέρειν.
οὐ γὰρ νενίκησθ᾽, ἀλλ᾽ ἰσόψηφος δίκη 795
ἐξῆλθ᾽ ἀληθῶς, οὐκ ἀτιμίαι σέθεν,
ἀλλ᾽ ἐκ Διὸς γὰρ λαμπρὰ μαρτύρια παρῆν,
αὐτός θ᾽ ὁ χρήσας αὐτὸς ἦν ὁ μαρτυρῶν
ὡς ταῦτ᾽ Ὀρέστην δρῶντα μὴ βλάβας ἔχειν.
ὑμεις δὲ μήτε τῆιδε γῆι βαρὺν κότον 800
σκήψητε, μὴ θυμοῦσθε, μηδ᾽ ἀκαρπίαν
τεύξητ᾽ ἀφεῖσαι †δαιμόνων† σταλάγματα,
βρωτῆρας ἄχνας σπερμάτων ἀνημέρους.
ἐγὼ γὰρ ὑμῖν πανδίκως ὑπίσχομαι
ἕδρας τε καὶ κευθμῶνας †ἐνδίκου† χθονὸς 805
λιπαροθρόνοισιν ἡμένας ἐπ᾽ ἐσχάραις
ἕξειν ὑπ᾽ ἀστῶν τῶνδε τιμαλφουμένας.

130

KOMMÓS

Co. *Iò*, Deuses novos! Antigas leis vós outros EST. 1
atropelastes e roubastes-me das mãos.
Eu, sem honra, afrontada, com grave cólera 780
nesta terra, *pheû*,
veneno, veneno igual à dor,
deixo ir do coração,
respingos para a terra
insuportáveis, donde
lepra sem folha nem filho, ó Justiça, Justiça, 785
após invadir o chão
lançará na terra peste letal aos mortais.
Lamurio: que hei de fazer?
Riem de mim: intoleráveis dores
entre os cidadãos padeci. 790
Ió aflitas infelizes filhas
da Noite, tristes desonradas!

At. Escutai-me, não profirais grave pranto.
Não fostes vencidas, mas houve deveras 795
justo empate sem nenhuma desonra vossa.
Provieram de Zeus claros testemunhos
e a testemunha mesma era mesmo oráculo
de que Orestes agindo assim não teria dano.
Não inflijais grave cólera a esta terra, 800
nem vos enfureçais, nem a torneis
sem frutos, por numinosos respingos,
ferozes lanças devoradoras de sementes.
Eu com toda justiça vos prometo:
tereis assento e abrigo de justo solo 805
pousadas no brilhante trono do altar
honradas pelo apreço destes cidadãos.

Χο. ἰὼ θεοὶ νεώτεροι, παλαιοὺς νόμους [ἀντ. α
καθιππάσασθε κἀκ χερῶν εἵλεσθέ μου·
ἐγὼ δ' ἄτιμος ἁ τάλαινα βαρύκοτος 810
ἐν γᾶι τᾶιδε, φεῦ,
ἰὸν ἰὸν ἀντιπεν-
θῆ μεθεῖσα καρδίας
σταλαγμὸν χθονὶ
ἄφορον, ἐκ δὲ τοῦ
λειχὴν ἄφυλλος ἄτεκνος — ὦ Δίκα Δίκα — 815
πέδον ἐπισύμενος
βροτοφθόρους κηλῖδας ἐν χώραι βαλεῖ.
στενάζω· τί ῥέξω;
γελῶμαι· δύσοιστ' ἐν
πολίταις ἔπαθον. 820
ἰὼ †μεγάλα τοι κόραι† δυστυχεῖς
Νυκτὸς ἀτιμοπενθεῖς.
Αθ. οὐκ ἔστ' ἄτιμοι, μηδ' ὑπερθύμως ἄγαν
θεαὶ βροτῶν κτίσητε δύσκηλον χθόνα. 825
κἀγὼ πέποιθα Ζηνί, καὶ — τί δεῖ λέγειν;
καὶ κλῆιδας οἶδα δώματος μόνη θεῶν
ἐν ὧι κεραυνός ἐστιν ἐσφραγισμένος.
ἀλλ' οὐδὲν αὐτοῦ δεῖ. σὺ δ' εὐπειθὴς ἐμοὶ
γλώσσης ματαίας μὴ 'κβάληις ἔπη χθονί, 830
καρπὸν φέροντα πάντα μὴ πράσσειν καλῶς.
κοίμα κελαινοῦ κύματος πικρὸν μένος,
ὡς σεμνότιμος καὶ ξυνοικήτωρ ἐμοί.
πολλῆς δὲ χώρας τῆσδε τἀκροθίνια,
θύη πρὸ παίδων καὶ γαμηλίου τέλους, 835
ἔχουσ' ἐς αἰεὶ τόνδ' ἐπαινέσεις λόγον.

Χο. ἐμὲ παθεῖν τάδε, [στρ. β
φεῦ,
ἐμὲ παλαιόφρονα, κατά τε γᾶν οἰκεῖν,
ἀτίετον μύσος·
φεῦ·
πνέω τοι μένος ἅπαντά τε κότον· 840

132

Co. *Iò* Deuses novos! Antigas leis vós outros   ANT. 1
atropelastes e roubastes-me das mãos.
Eu, sem honra, afrontada, com grave cólera   810
nesta terra, *pheû*,
veneno, veneno igual à dor
deixo ir do coração,
respingos para a terra
insuportáveis, donde
lepra sem folha nem filho, ó Justiça, Justiça,   815
após invadir o chão
lançará na terra peste letal aos mortais.
Lamurio: que hei de fazer?
Riem de mim: intoleráveis dores
entre os cidadãos padeci.   820
Ió, aflitas infelizes filhas
de Noite, tristes desonradas!
At. Não sois desonradas e por excessivo furor
não perturbeis terra de mortais, ó Deusas.   825
Eu conto com Zeus e (por que devo dizer?)
única dos Deuses conheço as chaves da casa
em que o raio está com a marca do selo.
Mas não precisa disso. Tu, sendo-me dócil,
não lances à terra palavras de língua vã   830
a estorvar o viço de toda frutificação.
Mitiga o ímpeto amargo de negra onda,
já que és veneranda e resides comigo.
Terás desta vasta região as primícias
ofertas antes de nascimentos e de núpcias   835
e cada vez louvarás esta minha palavra.

Co. Sofrer isto eu,   EST. 2
pheû!
Antiga sábia morar na terra,
desonroso horror,
pheû!
Bufo todo cólera e rancor,   840

133

οἰοῖ δᾶ φεῦ·
τίς μ' ὑποδύεται πλευρὰς ὀδύνα;
ἄιε, μᾶτερ Νύξ·
ἀπό με γὰρ τιμᾶν δαναιᾶν θεῶν   845
δυσπάλαμοι παρ' οὐδὲν ἦραν δόλοι.

Αθ. ὀργὰς ξυνοίσω σοι· γεραιτέρα γὰρ εἶ,
κ αὶ τῶι μὲν εἶ σὺ κάρτ' ἐμοῦ σοφωτέρα,
φρονεῖν δὲ κἀμοὶ Ζεὺς ἔδωκεν οὐ κακῶς.   850
ὑμεῖς δ' ἐς ἀλλόφυλον ἐλθοῦσαι χθόνα
γῆς τῆσδ' ἐρασθήσεσθε. προυννέπω τάδε·
οὐπιρρέων γὰρ τιμιώτερος χρόνος
ἔσται πολίταις τοῖσδε, καὶ σὺ τιμίαν
ἕδραν ἔχουσα πρὸς δόμοις Ἐρεχθέως   855
τεύξηι παρ' ἀνδρῶν καὶ γυναικείων στόλων
ὅσ' ἂν παρ' ἄλλων οὔποτ' ἂν σχέθοις βροτῶν.
σὺ δ' ἐν τόποισι τοῖς ἐμοῖσι μὴ βάληις
μήθ' αἱματηρὰς θηγάνας, σπλάγχνων βλάβας
νέων, ἀοίνοις ἐμμανεῖς θυμώμασιν,   860
μήτ' ἐκζέουσ' ὡς καρδίαν ἀλεκτόρων
ἐν τοῖς ἐμοῖς ἀστοῖσιν ἱδρύσηις Ἄρη
ἐμφύλιόν τε καὶ πρὸς ἀλλήλους θρασύν.
θυραῖος ἔστω πόλεμος, οὐ μόλις παρὼν
ἐν ὧι τις ἔσται δεινὸς εὐκλείας ἔρως·   865
ἐνοικίου δ' ὄρνιθος οὐ λέγω μάχην.
τοιαῦθ' ἑλέσθαι σοι πάρεστιν ἐξ ἐμοῦ,
εὖ δρῶσαν, εὖ πάσχουσαν, εὖ τιμωμένην
χώρας μετασχεῖν τῆσδε θεοφιλεστάτης.

Χο. ἐμὲ παθεῖν τάδε,   [ἀντ. β
φεῦ,   870
ἐμὲ παλαιόφρονα, κατά τε γᾶν οἰκεῖν,
ἀτίετον μύσος·
φεῦ·
πνέω τοι μένος ἅπαντά τε κότον·
οἰοῖ δᾶ φεῦ·   875

134

oioî dâ pheû!
Que dor me penetra os flancos?
Ouve, ó mãe Noite,
inelutáveis dolos dos Deuses   845
levam-me a perene honra a nada.

At. Relevo-te a cólera, tu és mais velha,
e por isso muito mais sábia que eu,
mas Zeus também me deu prudência.   850
Vós, se fordes para uma outra terra,
tereis saudades daqui. Eu vos predigo:
o porvir trará maiores honras
a estes cidadãos e tu terás honroso
assento junto ao templo de Erecteu   855
e obterás dos varões e cortejos femininos
quanto nunca teríeis de outros mortais.
Não atires tu em meu território
cruentos aguilhões ruinosos dos ânimos
juvenis, por enfurecê-los sem vinho.   860
Não instigues corações de galos
nos meus cidadãos, nem instales
Ares nas tribos, audácias recíprocas.
Externa seja a guerra, não escassa,
onde houver terrível amor de glória,   865
e não digo briga de ave doméstica.
Por mim podes escolher tais honras:
benfeitora, bem servida, bem estimada,
participar desta terra grata aos Deuses.

Co. Sofrer isto eu,   ANT. 2
pheû!   870
Antiga sábia morar na terra,
desonroso horror,
pheû!
Bufo todo cólera e rancor,
oioî dâ pheû!   875

τίς μ' ὑποδύεται πλευρὰς ὀδύνα;
ἄιέ, μᾶτερ Νύξ·
ἀπό με γὰρ τιμᾶν δαναιᾶν θεῶν
δυσπάλαμοι παρ' οὐδὲν ᾖραν δόλοι.   880

Que dor me penetra os flancos?
Ouve, ó mãe Noite:
inelutáveis dolos dos Deuses
levam-me a perene honra a nada.   880

Αθ. οὔτοι καμοῦμαί σοι λέγουσα τἀγαθά,
ὡς μήποτ' εἴπηις πρὸς νεωτέρας ἐμοῦ
θεὸς παλαιὰ καὶ πολισσούχων βροτῶν
ἄτιμος ἔρρειν τοῦδ' ἀπόξενος πέδου.
ἀλλ' εἰ μὲν ἁγνόν ἐστί σοι Πειθοῦς σέβας,   885
γλώσσης ἐμῆς μείλιγμα καὶ θελκτήριον —
σὺ δ' οὖν μένοις ἄν. εἰ δὲ μὴ θέλεις μένειν,
οὐκ ἂν δικαίως τῆιδ' ἐπιρρέποις πόλει
μῆνίν τιν' ἢ κότον τιν' ἢ βλάβην στρατῶι·
ἔξεστι γάρ σοι τῆσδε γαμόρωι χθονὸς   890
εἶναι δικαίως ἐς τὸ πᾶν τιμωμένηι.
Χο. ἄνασσ' Ἀθάνα, τίνα με φὴς ἕξειν ἕδραν;
Αθ. πάσης ἀπήμον' οἰζύος· δέχου δὲ σύ.
Χο. καὶ δὴ δέδεγμαι· τίς δέ μοι τιμὴ μένει;
Αθ. ὡς μή τιν' οἶκον εὐθενεῖν ἄνευ σέθεν.   895
Χο. σὺ τοῦτο πράξεις, ὥστε με σθένειν τόσον;
Αθ. τῶι γὰρ σέβοντι συμφορὰς ὀρθώσομεν.
Χο. καί μοι πρόπαντος ἐγγύην θήσηι χρόνου;
Αθ. ἔξεστι γάρ μοι μὴ λέγειν ἃ μὴ τελῶ.
Χο. θέλξειν μ' ἔοικας, καὶ μεθίσταμαι κότου.   900
Αθ. τοίγαρ κατὰ χθόν' οὖσ' ἐπικτήσηι φίλους.
Χο. τί οὖν μ' ἄνωγας τῆιδ' ἐφυμνῆσαι χθονί;
Αθ. ὁποῖα νίκης μὴ κακῆς ἐπίσκοπα,
καὶ ταῦτα γῆθεν ἔκ τε ποντίας δρόσου
ἐξ οὐρανοῦ τε, κἀνέμων ἀήματα   905
εὐηλίως πνέοντ' ἐπιστείχειν χθόνα,
καρπόν τε γαίας καὶ βοτῶν ἐπίρρυτον
ἀστοῖσιν εὐθενοῦντα μὴ κάμνειν χρόνωι,
καὶ τῶν βροτείων σπερμάτων σωτηρίαν.
τῶν δ' εὐσεβούντων ἐκφορωτέρα πέλοις·   910
στέργω γάρ, ἀνδρὸς φιτυποίμενος δίκην,

ÚLTIMO EPISÓDIO

At. Não me cansarei de dizer-te os bens
para não falares que Deusa antiga
foste banida sem honra desta terra
por mim nova e mortais da cidade.
Mas se veneras pura Persuasão,   885
delícia e encanto de minha língua,
tu ficarias. Se não queres ficar,
não imporias com justiça a este país
cólera, rancor ou ruína do exército.
Podes ter nesta terra com justiça   890
domicílio, honrada para sempre.

Co. Senhora Atena, que assento me dás?

At. Isento de toda dor. Recebe-o tu.

Co. Se o recebo, que honra me cabe?

At. Nenhuma casa prosperar sem ti.   895

Co. Tu farás que eu tenha tanta força?

At. Acertaremos a sorte de quem venera.

Co. E me dás garantia por todo o tempo?

At. Posso calar o que não cumprirei.

Co. Parece que me encantas, e mudo de ânimo.   900

At. Estando nesta terra, farás novos amigos.

Co. O que me pedes cantar por esta terra?

At. O que vise a vitória não maligna.
Soprando ventos, vindos da terra
e do orvalho marinho e do céu,   905
em dia sereno cheguem ao solo.
Farto fruto da terra e do gado
nunca cesse de florir aos cidadãos,
salvação para a semente de mortais.
Sejas tu mais produtiva dos pios   910
pois à maneira de um pastor de plantas viris

τὸ τῶν δικαίων τῶνδ' ἀπένθητον γένος.
τοιαῦτα σοῦτι· τῶν ἀρειφάτων δ' ἐγὼ
πρεπτῶν ἀγώνων οὐκ ἀνέξομαι τὸ μὴ οὐ
τήνδ' ἀστύνικον ἐν βροτοῖς τιμᾶν πόλιν.   915

Χο. δέξομαι Παλλάδος ξυνοικίαν,   [στρ. α
οὐδ' ἀτιμάσω πόλιν
τὰν καὶ Ζεὺς ὁ παγκρατὴς Ἄρης
τε φρούριον θεῶν νέμει,
ῥυσίβωμον Ἑλλά-   920
νων ἄγαλμα δαιμόνων·
ἇιτ' ἐγὼ κατεύχομαι
θεσπίσασα πρευμενῶς
ἐπισσύτους βίου τύχας ὀνησίμους
γαίας ἐξαμβρῦσαι   925
φαιδρὸν ἁλίου σέλας.
Αθ. τάδ' ἐγὼ προφρόνως τοῖσδε πολίταις
πράσσω, μεγάλας καὶ δυσαρέστους
δαίμονας αὐτοῦ κατανασσαμένη·
πάντα γὰρ αὗται τὰ κατ' ἀνθρώπους   930
ἔλαχον διέπειν.
ὅ γε μὴν κύρσας βαρέων τούτων
οὐκ οἶδεν ὅθεν πληγαὶ βιότου·
τὰ γὰρ ἐκ προτέρων ἀπλάκηματά νιν
πρὸς τάσδ' ἀπάγει, σιγῶν δ' ὄλεθρος   935
καὶ μέγα φωνοῦντ'
ἐχθραῖς ὀργαῖς ἀμαθύνει.

Χο. δενδροπήμων δὲ μὴ πνέοι βλάβα —   [ἀντ. α
τὰν ἐμὰν χάριν λέγω —
φλογμοὺς ὀμματοστερεῖς φυτῶν,   940
τὸ μὴ περᾶν ὅρον τόπων·
μηδ' ἄκαρπος αἰα-
νὴς ἐφερπέτω νόσος,
μῆλά τ' εὐθενοῦντα Πὰν
ξὺν διπλοῖσιν ἐμβρύοις

140

amo que não sofra a família destes justos.
Tanto é teu. Nos conspícuos combates
de Ares, eu não suportarei não honrar
esta cidade com a vitória entre mortais. 915

Co. Aceitarei o convívio de Palas, EST. 1
não desonrarei a cidade
que Zeus onipotente e Ares
habitam, atalaia dos Deuses,
ao defender altares de gregos 920
imagem dos Numes.
Por ela suplico
e predigo propícia
que a luz fúlgida do sol
faça brotar da terra 925
fartos favores benfazejos à vida.
At. Assim procedo de ânimo propenso
a estes cidadãos, ao dar domicílio
aqui a grandes e implacáveis Numes.
Elas têm por sorte conduzir 930
tudo que concerne aos homens.
Quem depara o peso delas
não sabe donde vêm golpes na vida.
Os delitos ancestrais arrastam-no
a elas, e silenciosa ruína 935
apesar da soberba fala
com odiosa cólera o esmigalha.

Co. Declaro a minha dádiva: ANT. 1
peste não sopre danosa às árvores,
ardores de crestar vergônteas, 940
nem transponha as fronteiras locais.
Não penetre lúgubre
doença destrutiva dos frutos.
Crie Pan próspero rebanho
com duplas crias

τρέφοι χρόνωι τεταγμένωι· γόνος ⟨δ᾿ ἀεὶ⟩ 945
πλουτόχθων ἑρμαίαν
δαιμόνων δόσιν τίνοι.
Αθ. ἦ τάδ᾿ ἀκούετε, πόλεως φρούριον,
οἷ᾿ ἐπικραίνει·
μέγα γὰρ δύναται πότνι᾿ Ἐρινὺς 950
παρά τ᾿ ἀθανάτοις τοῖς θ᾿ ὑπὸ γαῖαν,
περί τ᾿ ἀνθρώπων φανέρ᾿ ὡς τελέως
διαπράσσουσιν, τοῖς μὲν ἀοιδάς,
τοῖς δ᾿ αὖ δακρύων
βίον ἀμβλωπὸν παρέχουσαι. 955

Χο. ἀνδροκμῆτας δ᾿ ἀώ- [στρ. β
ρους ἀπεννέπω τύχας·
νεανίδων δ᾿ ἐπηράτων
ἀνδροτυχεῖς βιότους δότε †κύρι᾿ ἔχοντες 960
θεαὶ τῶν† Μοῖραι
ματροκασιγνῆται,
δαίμονες ὀρθονόμοι,
παντὶ δόμωι μετάκοινοι,
παντὶ χρόνωι δ᾿ ἐπιβριθεῖς, 965
ἐνδίκοις ὁμιλίαις
πάνται τιμιώταται θεῶν.
Αθ. τάδε τοι χώραι τῆμῆι προφρόνως
ἐπικραινομένων
γάνυμαι. στέργω δ᾿ ὄμματα Πειθοῦς 970
ὅτι μοι γλῶσσαν καὶ στόμ᾿ ἐπώπα
πρὸς τάσδ᾿ ἀγρίως ἀπανηναμένας.
ἀλλ᾿ ἐκράτησε Ζεὺς ἀγοραῖος,
νικᾶι δ᾿ ἀγαθῶν
ἔρις ἡμετέρα διὰ παντός. 975

Χο. τὰν δ᾿ ἄπληστον κακῶν [ἀντ. β
μήποτ᾿ ἐν πόλει στάσιν
τᾶιδ᾿ ἐπεύχομαι βρέμειν,
μηδὲ πιοῦσα κόνις μέλαν αἷμα πολιτᾶν 980

142

no tempo certo. E sempre 945
o rico provento do solo
honre o numinoso dom de Hermes.
At. Ouvis, ó atalaia do país,
que palavras se cumprem?
Soberana Erínis tem grande poder 950
junto dos Imortais e dos sob o chão
e entre homens perfaz clara e plena
oferta — para uns, canções,
para outros,
vida turva de prantos. 955

Co. Afasto as intempestivas EST. 2
sortes homicidas.
Concedei às virgens amáveis
convívio com marido, ó Potestades 960
e Deusas Porções
irmãs uterinas,
Numes da reta partilha
partícipes de toda casa,
bem pesadas o tempo todo, 965
por suas justas visitações
de todo honradas dos Deuses.
At. Este vosso empenho na ação
propício a minha terra
alegra-me. Amo o olho da Persuasão 970
que me dirigia a língua e voz
a estas bravias recalcitrantes.
Zeus forense porém prevaleceu
e nossa porfia de bens
tem para sempre a vitória. 975

Co. Peço que nesta cidade ANT. 2
sedição insaciável de males
não vocifere nunca.
O pó não beba negro sangue de cidadão 980

δι' ὀργὰν ποινᾶς
ἀντιφόνους ἄτας
ἁρπαλίσαι πόλεως·
χάρματα δ' ἀντιδιδοῖεν
κοινοφιλεῖ διανοίαι 985
καὶ στυγεῖν μιᾶι φρενί·
πολλῶν γὰρ τόδ' ἐν βροτοῖς ἄκος.

Αθ. ἆρα φρονοῦσιν γλώσσης ἀγαθῆς
ὁδὸν εὑρίσκειν;
ἐκ τῶν φοβερῶν τῶνδε προσώπων 990
μέγα κέρδος ὁρῶ τοῖσδε πολίταις·
τάσδε γὰρ εὔφρονας εὔφρονες ἀεὶ
μέγα τιμῶντες καὶ γῆν καὶ πόλιν
ὀρθοδίκαιον
πρέψετε πάντως διάγοντες. 995

Χο. χαίρετε χαίρετ' ἐν αἰσιμίαισι πλούτου, [στρ. γ
χαίρετ', ἀστικὸς λεώς,
ἴκταρ ἥμενοι Διὸς
παρθένου φίλας φίλοι,
σωφρονοῦντες ἐν χρόνωι· 1000
Παλλάδος δ' ὑπὸ πτεροῖς
ὄντας ἅζεται πατήρ.
Αθ. χαίρετε χὐμεῖς· προτέραν δ' ἐμὲ χρὴ
στείχειν θαλάμους ἀποδείξουσαν
πρὸς φῶς ἱερὸν τῶνδε προπομπῶν. 1005
ἴτε καὶ σφαγίων τῶνδ' ὑπὸ σεμνῶν
κατὰ γῆς σύμεναι τὸ μὲν ἀτηρὸν
χώρας κατέχειν, τὸ δὲ κερδαλέον
πέμπειν πόλεως ἐπὶ νίκηι.
ὑμεῖς δ' ἡγεῖσθε, πολισσοῦχοι 1010
παῖδες Κραναοῦ, ταῖσδε μετοίκοις·
εἴη δ' ἀγαθῶν
ἀγαθὴ διάνοια πολίταις.

Χο. χαίρετε, χαίρετε δ' αὖθις, ἐπανδιπλοίζω, [ἀντ. γ

144

nem por cólera reclame
punir morte com morte,
ruína da cidade.
Permutem-se prazeres
concordes amigos comuns 985
e odeiem unânimes,
eis múltiplo remédio entre mortais.

At. Sabem elas descobrir caminho
de boa palavra?
Vejo destes semblantes terríveis 990
grande lucro para estes cidadãos.
Se honrardes sempre benévolos
a estas benévolas, brilhareis,
governando terra e cidade
em tudo com reta justiça. 995

Co. Alegrai-vos, com próspera fortuna, EST. 3
alegrai-vos, povo da cidade,
amigos sentados juntos
da amiga Virgem de Zeus,
sapientes com o tempo, 1000
estais sob as asas de Palas
e venera-vos o Pai.

At. Alegrai-vos também. Devo ir à frente
para indicar-vos a residência
ante o sagrado fulgor deste cortejo. 1005
Vinde com este solene sacrifício,
descei à terra, repeli da região
o calamitoso, o lucrativo porém
enviai à vitória da cidade.
Vós, os da cidade, filhos de Crânao, 1010
conduzi estas domiciliadas.
Possam ter os cidadãos
o pensamento bom dos bens.

Co. Alegrai-vos, alegrai-vos, reitero, ANT. 3

145

πάντες οἱ κατὰ πτόλιν   1015
δαίμονές τε καὶ βροτοί·
Παλλάδος πόλιν νέμον-
τες μετοικίαν τ᾽ ἐμὴν
εὐσεβοῦντες οὔτι μέμ-
ψεσθε συμφορὰς βίου.   1020

Αθ. αἰνῶ τε μύθους τῶνδε τῶν κατευγμάτων
πέμψω τε φέγγει λαμπάδων σελασφόρων
εἰς τοὺς ἔνερθε καὶ κάτω χθονὸς τόπους
ξὺν προσπόλοισιν αἵτε φρουροῦσιν βρέτας
τοὐμόν, δικαίως· ὄμμα γὰρ πάσης χθονὸς   1025
Θησῇδος ἐξήκοιτ᾽ ἄν, εὐκλεὴς λόχος
παίδων, γυναικῶν, καὶ στόλος πρεσβυτίδων
φοινικοβάπτοις ἐνδυτοῖς ἐσθήμασι
τιμᾶτέ, κᾆτα φέγγος ὁρμάσθω πυρός,
ὅπως ἂν εὔφρων ἥδ᾽ ὁμιλία χθονὸς   1030
τὸ λοιπὸν εὐάνδροισι συμφοραῖς πρέπῃ.

todos os da cidade 1015
Numes e homens
senhores da cidade de Palas,
se reverenciardes meu domicílio,
não vituperareis os reveses da vida. 1020

At. Aprovo as palavras destas preces
e à luz de tochas fulgentes vos envio
aos lugares ínferos e subterrâneos
com as servas guardiãs da imagem
minha, por justiça, olho da terra toda 1025
de Teseu, vós iríeis, ínclita grei
de jovens, de mulheres e de anciãs.
Adornadas com vestes purpúreas
dai-lhes honras e jorrai luz de fogo,
que este benévolo convívio da terra 1030
doravante brilhe em eventos viris.

ΠΡΟΠΟΜΠΟΙ
†βᾶτ᾽ ἐν δόμωι† μεγάλαι φιλότιμοι   [στρ. α
Νυκτὸς παῖδες ἄπαιδες, ὑπ᾽ εὔφρονι πομπᾶι.
εὐφαμεῖτε δέ, χωρῖται.   1035

γᾶς ὑπὸ κεύθεσιν ὠγυγίοισιν   [ἀντ. α
τιμαῖς καὶ θυσίαις περίσεπτα τύχοιτε.
εὐφαμεῖτε δὲ πανδαμεί.

ἵλαοι δὲ καὶ εὐθύφρονες γᾶι   [στρ. β
δεῦρ᾽ ἴτε, Σεμναὶ (θεαί), πυριδάπτωι   1041
λαμπάδι τερπόμεναι καθ᾽ ὁδόν.
ὀλολύξατέ νυν ἐπὶ μολπαῖς.

σπονδαὶ δ᾽ †ἐς τὸ πᾶν ἔνδαιδες οἴκων†   [ἀντ. β
Παλλάδος ἀστοῖς· Ζεὺς παντόπτας   1045
οὕτω Μοῖρά τε συγκατέβα.
ὀλολύξατέ νυν ἐπὶ μολπαῖς.

ÊXODO

Ct. Marchai, grandes valorosas filhas sem filhos   EST. 1
da Noite, junto com o benévolo cortejo.
Dai boas-vindas, nativos.   1035

No prístino recesso da terra   ANT. 1
sede veneradas com honras e sacrifícios.
Dai boas-vindas, com o povo todo.

Propícias e justas para esta terra,   EST. 2
vinde, Veneráveis, e comprazei-vos   1041
na vinda com tochas de fogo voraz.
Alarideai agora nesta canção.

Entre tochas, eterno pacto de moradia   ANT. 2
com os cidadãos de Palas. O onisciente   1045
Zeus e Porção assim consentiram.
Alarideai agora nesta canção.

REFERÊNCIAS BIBLIOGRÁFICAS

Edições Consultadas

AESCHYLI. *Septem quae supersunt tragoedias*. Edidit Denys Page.. Oxford: Oxford University Press, 1972.

AESCHYLUS. *Eumenides*. Edited by Alan H. Sommestein. Cambridge: Cambridge University Press, 1989.

AESCHYLUS. *Tragoediae*. Edidit Martin L. West. Stutgart: Teubner, 1990.

AESCHYLUS. *Eumenides*. Edidit Martin L. West. Stutgart: Teubner, 1991.

ESCHYLE. *Agamemnon. Les Choéphores. Les Euménides*. Texte établi et traduit par Paul Mazon. Paris: Les Belles Lettres, 1952.

Obras Consultadas

BENEDETTO, Vicenzo di. "Le Erinni: il primitivi e le istituzioni". In: *L'ideologia del potere e la tragedia greca. Ricerche su Eschilo*. Torino: Einaudi, 1978.

BURKERT, Walter. *Religião grega na época clássica e arcaica*. Trad. M. J. Simões Loureiro. Lisboa: Calouste Gulbenkian, 1993.

COHEN, David. "The Theodicy of Aeschylus: Justice and Tyrany ind the Oresteia". In: MACAUSLAN, Ian, & WALCOT, Peter, (ed.) *Greek Tragedy*. Oxford: Oxford University Press, 1993.

CROISET, Maurice. *Eschyle. Études sur l'invention dramatique dans son théâtre*. Paris: Les Belles Lettres, 1955.

KITTO, H. D. F. "Eumenides". In: *Form and meaning in drama*. Londres: Methuen, 1964.

MACLEOD, C. W. "Politics and the Oresteia". *Journal of Hellenic Studies*. 102, 1982, pp. 124-44.

MEIER, Christian. "Les Eumenides d'Eschyle et l'avènement du politique". In: *La naissance du politique*. S. l. Paris: Gallimard, 1995.

_____. *De la Tragédie Grecque comme Art Politique*. Trad. Marielle Carlier. Paris: Les Belles Lettres, 1991.

OTTO, Walter F. "Olympian Deities" In: *The homeric gods. The spiritual significance of greek religion.* Trad. Moses Hadas. Londres: Thames & Hudson, 1979.

PODLECKI, Anthony J. *The political background of Aeschylus tragedy.* Ann Arbor: University of Michigan Press, 1966.

ROBERTS, Deborah H. *Apollo and his Oracle in the Oresteia.* Gottingen: Vandenhoech & Ruprecht, 1984.

ROMILLY, Jacqueline de. *Le temps dans la Tragédie Grecque.* Paris: Vrin, 1995.

ROSE, Peter W. "Aeschylus Oresteia: Dialectical Inheritance" *Sons of the Gods, Children of Earth.* Ithaca (NY): Cornell University Press, 1992.

SAID, Suzanne. "Concorde et Civilization dans les Euménides" In: *Théâtre et spectacles dans l'Antiquité. Actes du colloque de Strasbourg.* Strasbourg: Université des Sciences Humaines, 1981.

SCULLLION, Scott. "Olympian and Chthonian" In: *Classical Antiquity,* vol. 13, n. l, abril 1994.

SOLMSEN, Friedrich. "Aeschylus: The Eumenides". In: *Hesiod and Aeschylus.* Ithaca (NY): Cornell University Press, 1949.

TAPLIN, Oliver "Eumenides". In: *The stagecraft of Aeschylus. The use of exits and entrance in Greek Tragedy.* Oxford: Clarendon Press.

THOMSON, George. *Aeschylus and Athens. A study in the social origins of drama.* Londres: Lawrence & Wishart, 1941.

WEST, Martin L. *Studies in Aeschylus.* Stutgart: Teubner, 1990

WINNINGTON-INGRAM, R. P. *Studies in Aeschylus.* Cambridge (UK): Cambridge University Press, 1983.

BIBLIOTECA PÓLEN

ANTROPOLOGIA DE UM PONTO
DE VISTA PRAGMÁTICO
Immanuel Kant

O CONCEITO DE CRÍTICA DE ARTE
NO ROMANTISMO ALEMÃO
Walter Benjamin

CONTRIBUIÇÃO À HISTÓRIA DA RELIGIÃO
E FILOSOFIA NA ALEMANHA
Heinrich Heine

CONVERSA SOBRE A POESIA
Friedrich Schlegel

DA INTERPRETAÇÃO DA NATUREZA
Denis Diderot

DEFESAS DA POESIA
Sir Philip Sidney & Percy Bysshe Shelley

OS DEUSES NO EXÍLIO
Heinrich [Henri] Heine

DIALETO DOS FRAGMENTOS
Friedrich Schlegel

DUAS INTRODUÇÕES À CRÍTICA DO JUÍZO
Immanuel Kant

A EDUCAÇÃO ESTÉTICA DO HOMEM
Friedrich Schiller

A ARTE DE ESCREVER ENSAIO E OUTROS ENSAIOS
David Hume

A FARMÁCIA DE PLATÃO
Jacques Derrida

FRAGMENTOS PARA A HISTÓRIA DA FILOSOFIA
Arthur Schopenhauer

LAOCOONTE
G.E. Lessing

MEDITAÇÕES
Marco Aurélio

A MORTE DE EMPÉDOCLES
Friedrich Hölderlin

POESIA INGÊNUA E SENTIMENTAL
Friedrich Schiller

PÓLEN
Novalis

PREFÁCIO A SHAKESPEARE
Samuel Johnson

SOBRE KANT
Gérard Lebrun

SOBRE O HOMEM E SUAS RELAÇÕES
Franz Hemsterhuis

TEOGONIA
Hesíodo

OS TRABALHOS E OS DIAS
Hesíodo

CADASTRO
ILUMI//URAS

Para receber informações
sobre nossos lançamentos e
promoções envie e-mail para:

cadastro@iluminuras.com.br

Este livro foi composto em Adobe Garamond e
terminou de ser impresso em fevereiro de 2019
nas *oficinas da Meta Brasil*, em São Paulo, SP,
em papel off-white 80 gramas.